LE SECRET DE L'ÉPINE

LE SECRET DE L'ÉPINE

Olivier LEROUGE

© Éditions Hélène Jacob, 2013. Collection *Littérature*.
Tous droits réservés.
ISBN : 978-2-37011-100-5
Éditions Hélène Jacob – 13 Impasse Victor Gesta –
31200 Toulouse
Imprimé par Create Space – États-Unis
13,45€
Dépôt Légal Décembre 2013

Design couverture : Olivier Lerouge

À Lisa, Pauline, Nathan et Julie.

1

C'était un coffret sombre. Un coffret de la taille d'un petit dictionnaire. La patine de son bois le rendait subtilement précieux et certainement unique. Sérieux aussi, presque inquiétant. Il apparaissait noirci par endroits, brûlé peut-être, et portait les traces d'une peinture fine et dorée, effacée par le temps et la moiteur des mains fébriles qui s'en emparèrent. Il était ouvert à présent. Son couvercle bâillait largement vers le plafond et le fermoir luisait sous la lumière changeante de la cheminée. Pierre le tenait sur ses genoux, bien droit, pieusement. Au-dehors, la nuit était tombée sur la campagne belliloise. Le vent s'était tu. Le silence s'était imposé comme une évidence. On attendait.

Romain s'était redressé, bien sagement assis au bord du canapé. Quelques minutes plus tôt, les pas de Pierre sur les marches du vieil escalier l'avaient sorti de ses songes. Pierre, son grand-père, était assis maintenant, juste devant lui, dans son imposant fauteuil de cuir aux accoudoirs défraîchis. Il semblait absent, happé par ce mystérieux coffret qu'il gardait près de lui. Trop d'histoires, trop d'émotions et de secrets gisaient là, sous ses yeux fatigués. Paris, Dublin. Tellement de lectures, de discussions et de rencontres. C'était sa vie. C'était son cœur, son âme qu'il tenait sur ses genoux et qu'il allait partager enfin. Romain sentait son grand-père tendu, fébrile, fragile. Il n'osait se lever et s'approcher, même s'il brûlait d'envie de plonger son regard au creux du coffret terni. Il fallait attendre encore.

La neige fraîchement tombée étouffait les bruits habituels de la campagne. Elle avait surpris au détour d'un chemin. Ronde et tendre, presque rassurante, bien qu'inopinée en ce mois d'avril. Pierre et Romain étaient rentrés à la maison dans une hâte enjouée, les joues empourprées. Ils avaient dîné d'une large tranche de pain trempée dans la soupe de cresson avant de se retirer vers le salon. Tout était calme. On se croyait seul au monde. Seule la comtoise se permettait de rompre le silence de son cliquetis huilé. L'impertinente.

Finalement, Pierre arracha son attention du coffret, bascula la tête en arrière, contempla les solives du plafond quelques longues secondes encore et rompit enfin le monologue de la comtoise.

— Romain, je peux te poser une question ?

Difficile de dire non.

— Ta mère t'a-t-elle déjà parlé de Jésus-Christ, notre Seigneur ?

Romain resta interdit. Jésus, il connaissait. Mais le « notre Seigneur » lui glaçait le sang. Ce n'était pas une discussion pour lui. Il n'allait certainement pas savoir. Ne pas répondre, c'était prendre le minimum de risques. Romain laissa donc la comtoise reprendre la discussion à son compte. Pierre était grave. Romain demeurait droit, les deux pieds bien à plat sur le sol, les mains jointes entre ses genoux serrés. Il faisait comme sa mère lui avait appris lorsque l'on rendait visite à Tante Mathilde, à Paris, dans son petit appartement où tout était jauni. Il n'y avait pas de place. Il ne fallait rien casser. Il ne bougeait pas.

Pierre avait sûrement dû oublier qu'il s'adressait à un enfant. Romain cherchait à se vieillir pour ne pas décevoir. Il rassembla ses forces et se lança.

— Je sais que c'est le Christ pour l'Église et qu'il est mort avec des clous dans les mains.

C'était venu d'un coup, d'un seul souffle. Pierre esquissa un sourire, puis redevint pensif et lointain en répétant ces quelques mots :

— Le Christ pour l'Église… Oui, bien sûr… C'est le Christ pour l'Église…

Dans l'heure qui suivit, le grand-père de Romain se mit à parler sérieusement, comme les adultes, les vrais, ceux qui ont des choses importantes à dire. Apparemment, il s'agissait bien plus que « du Christ pour l'Église ». Les joues de Pierre prirent la couleur des braises, et Romain réalisa l'ampleur de la passion que son grand-père vouait à Jésus. Passion sans mesure, comme une plaine vallonnée dont on ne comprend pas l'étendue au premier regard, dans la lumière naissante du jour, sous la brume mousseuse du matin. Et Pierre parlait. Il faisait preuve d'incroyables connaissances. Il avait passé de longues années à tout lire. Toutes les études historiques, tous les exégètes, tous les débats et controverses, Renan, Daniel-Rops et les autres. Ce soir-là, il raconta tout. Tout ce que Romain pouvait comprendre, et bien plus encore. Il ne parlait plus, il vidait son cœur comme on vide un arrosoir trop plein sur le rosier du fond du jardin. Un arrosoir qui nous blesse les mains et qu'on a eu tant de mal à porter jusqu'au bout, seul, pendant toutes ces années. C'était comme une libération, une passation. Un petit rosier rose au fond d'un grand jardin. Pierre livrait ses secrets et Romain l'admirait, ébahi et émerveillé. La comtoise semblait s'être tue, étrangement consciente que ce qui se déroulait dans cette pièce, dans cette campagne, sur cette île, allait changer leur vie.

Il était fort tard lorsque Pierre dit ceci à son petit-fils :

— Romain, tu dois savoir une chose : la Sainte Couronne de Jésus-Christ notre Seigneur a été conservée à travers les siècles. Toute la chrétienté la vénère. La France doit être fière d'en conserver pieusement le cerceau de jonc en la cathédrale de Notre-Dame de Paris. Les épines, elles, sont disséminées de par le monde. Elles ont toutes été à l'origine d'une église ou d'une basilique. Toutes ont été enchâssées dans leur sainteté.

Le grand-père s'arrêta et baissa les yeux. Romain eut peur de comprendre. Pierre reprit :

— Toutes enchâssées, sauf une…

Une main raidie et hésitante s'enfonça dans le coffret pour en ressortir un petit cube noir dont une face coulissait sans heurt. L'enfant s'approcha timidement et se pencha pour regarder enfin. Bien posé sur un fond de mousse soyeuse, un bout de bois obscur de la taille d'une allumette.

La discussion s'arrêta là. Pierre n'ajouta rien. Romain ne savait pas s'il devait rester encore, s'il pouvait toucher l'épine ou s'il devait laisser son grand-père un peu seul. Il attendit encore quelques longues secondes. Il ne se passait rien. Pierre s'était envolé avec son coffret et son épine. Il tournoyait dans d'autres âges, sous d'autres cieux, vers d'autres âmes. Finalement, Romain partit se coucher lentement, à pas mesurés et silencieux, sans même faire gémir l'escalier, sans dire un mot.

Que s'était-il passé ce soir-là, cet inquiétant soir où grand-père versa ces rares larmes, ce soir de mystères et d'histoires usées comme le temps ? Où était passé ce sommeil réparateur que l'enfant cherchait pendant que la comtoise cliquetait et cliquetait encore, sans fin ? Pourquoi faisait-il si chaud, soudain ? Pourquoi tout était devenu si grave ? Qui es-tu, toi, l'allumette qui inquiète ?

Romain se sentait pesant, figé au creux de son matelas trop mou, étouffé. Un acte clé venait de se jouer sous ses yeux, mais il n'en comprenait ni le sens ni la raison. Terrible sentiment que de se sentir ainsi pris à témoin, et de réaliser que l'on ne se souvient que d'une allumette dans une tragique boîte. Comme si Dieu en personne lui était apparu pendant un clignement d'œil, et qu'il n'en avait entrevu que la lumière finissante. Comme un appel au secours oublié. Romain se sentait en retard, désolé, perdu, dépassé. Son cœur battait lourdement dans sa jeune poitrine.

Le sommeil le rattrapa finalement. Encore quelques minutes, et il rêvait déjà à poings fermés. Nous étions un vendredi, le vendredi 16 avril 1954, et Romain n'oublierait jamais ce jour.

2

Romain Vaudet était arrivé chez son grand-père quelques jours plus tôt. Une petite tête ébouriffée aux yeux songeurs. Il n'avait pas dix ans, pas avant l'automne prochain, du moins. En ce début de printemps, Romain était tombé malade. Le médecin avait diagnostiqué une rubéole. Rien de grave, mais sa grande sœur étant enceinte, la décision avait été prise de l'éloigner le temps qu'il se rétablisse. Il avait donc été envoyé se reposer à Belle-Île-en-Mer, chez Pierre de Rochecourt, son grand-père. Chez l'heureux retraité de soixante-deux ans qui égrenait de tranquilles heures dans sa petite maison de Borderhouat, près de Locmaria. Près des vaches, près des fées que l'on rencontre parfois dans les brumes du matin. Près de tout sauf des hommes.

Il y avait bien au moins cinq années que le grand-père n'avait pas remis les pieds sur le continent. Pour lui, il n'y avait plus de bateaux. Ils avaient tous coulé, surtout ceux qui auraient pu le mener jusqu'à sa fille Jeanne, la mère de Romain. C'était une chose difficile à comprendre pour l'enfant, mais on s'évitait, on se voyait peu, on prétextait la distance. Mais avec cette rubéole et cette grossesse, Pierre avait dû faire un effort. Il n'y avait pas d'autres solutions.

Il était arrivé ici il y avait trois jours exactement. C'était un mardi, l'après-midi. Jeanne avait conduit. Pendant toute la route, elle avait peu parlé. Romain avait été patient et n'avait pas bougé jusqu'à leur arrivée. Il faisait frais. La maison du grand-père était faite de lourdes pierres et de beaucoup de lierre. Elle semblait avoir toujours été là, ne jamais avoir été réellement bâtie. Elle était collée à la terre, comme son prolongement, faite de la même matière, enracinée.

Pierre leur avait ouvert la porte tout en gardant ses lèvres et son cœur clos. Jeanne, elle, avait été tout sourire avec son père. Elle en faisait trop, sans doute, peut-être pour oublier ces années de gêne et d'évitement qui la rendaient si mal à l'aise, ou pour donner une chance à la réconciliation. Tout ceci énervait grand-père et l'enfonçait un peu plus dans sa froideur. Romain, du haut de ses neuf ans, sentait toutes ces choses-là, mais sa mère ne voyait rien. Parfois, les mères donnent trop, trop vite, et ça étouffe ceux qui ne savent qu'aimer doucement. Jeanne était pressée. La route du retour était longue. Elle ne resta qu'une petite heure.

Romain ne savait pas quoi dire, ni où s'asseoir, ni ce qu'il avait le droit de demander, ni où étaient les toilettes. Mais il s'accrochait. Il avait son cartable et ses choses à lui. Un monde d'enfant, souvent, ça tient dans un petit sac. Il ne se plaindrait pas. Sa mère lui avait bien tout expliqué. Il n'avait tout d'abord pas voulu venir ici, à Borderhouat. Il avait même pleuré. On lui avait dit que tout irait bien, qu'on ne voyait plus grand-père, mais qu'on ne savait pas vraiment pourquoi, car il était très gentil. On lui souriait en relevant son menton boudeur. Tout ira bien, tu verras. Bande de menteurs.

Pierre fit quelques efforts. Il embrassa sa fille à la porte et lui dit de ne pas s'inquiéter. Jeanne lui prit la main tendrement. Elle se tourna vers son fils qu'elle serra très fort contre elle, le couvrant de baisers et de mots doux. Elle lui prit les joues entre ses mains si fines et douces. Elle le contemplait sans mot. Elle le trouvait magnifique. Il restait droit. Il essayait d'être un homme. Il faisait de son mieux. Elle décida de ne pas lui rendre la tâche plus compliquée et écourta les adieux. Le vent se levait.

Elle se dirigea vers sa voiture, s'y installa en souriant du mieux qu'elle put, mit le contact, les salua une dernière fois, et s'éloigna lentement. Il faisait déjà sombre. Romain ne pleura pas. Il se mordit juste très fort la lèvre.

Elle ne mit que quelques jours à venir. Elle surprit même. Ni Pierre ni Romain ne l'attendaient vraiment. Elle déconcerta par son naturel. Par sa force aussi, et son indiscutable évidence et légitimité. C'était une tendresse différente. Elle avait juste été ignorée, oubliée, enterrée un peu trop vite. Et un soir, au-dessus des bols de soupe toujours si brûlante, ces regards étaient apparus. Celui, si nouveau, d'un grand-père heureux d'être utile, et celui, si clair, d'un enfant conscient d'avoir apporté quelques onces de joie avec lui. On s'était donné du temps. On avait appris à ne pas trop parler. Et Romain oublia de compter les jours.

Petit à petit, l'enfant se trouvait une place dans la vie de son grand-père. Il en connaissait maintenant les rythmes, en avait découvert les joies, savait en respecter la quiétude. Il savait préparer le petit-déjeuner, ouvrir les lourds volets du salon. Il s'occupait même parfois du feu et allait chercher du bois dehors, le long du mur.

L'incontournable promenade du matin, cependant, le rebuta encore un moment. Il faut du temps avant d'aimer se promener, de béatement déambuler sans autre but que de suivre le vent. Il faut apprendre à marcher, juste marcher en poussant son âme comme un ballon, quelques pas au-devant, à l'aventure. À neuf ans, cela ne se fait pas aisément, pas sans ballon. Mais il n'y avait rien à redire, toute contestation aurait été vaine face au grand-père et à son paisible sourire.

Ce vendredi matin encore, tôt, ils étaient partis tous les deux vers Locmaria. Ils traversèrent quelques champs. L'île s'éveillait. Une tendre odeur embaumait les cœurs, une odeur de miel. Le soleil la volait aux ajoncs d'or et la confiait aux vents marins. Peu après, ils rejoignirent un endroit que grand-père connaissait du côté de Kerzo. Parfois, dans l'herbe du pied d'un mur, quelques royales orchidées sauvages fêtaient le printemps. Ils rattrapèrent finalement la côte et ses chemins escarpés, glissants par endroits à cause des pluies de la veille et poussèrent jusqu'à la pointe, là où la mer s'offrait si belle. Romain scrutait l'horizon tel un navigateur, la main en casquette au-dessus des yeux. Il s'appliquait à scruter l'horizon, le plus loin possible. Mais son regard lui échappa. Il l'oublia tout simplement. Il glissa au creux des vagues. Romain l'avait égaré doucement, comme on perd un coquillage qui s'échappe d'une main fatiguée d'être serrée. Et il restait là, pensif, perdu dans un songe, debout, sur son rocher face à la mer. Pierre le contemplait, silencieusement, un peu en retrait. Il se reconnut en lui. Les mêmes faiblesses de l'âme, les mêmes fissures du cœur. Tout ce qu'il avait cherché en vain chez ses propres filles, bien trop soucieuses et apprêtées, réapparaissait soudain chez ce garçon qui se perdait dans l'écume des vagues. Tout se décida à cet instant précis. Ce serait ce soir. Pierre allait finalement partager l'existence de son épine, de son trésor, avec Romain. Ce serait ce soir, après la soupe. La transmission devait être initiée. Il n'y avait plus d'hésitation à avoir. Les opportunités se feraient certainement rares.

L'émotion gagna le vieil homme. Romain était revenu de ses rêveries et était reparti dans ses jeux, sans même remarquer le regard tout éclaboussé de son grand-père. Ils rejoignirent la maison par un autre chemin. L'enfant courait au-devant. Pierre pensait au passé. Ils traversèrent Locmaria à nouveau. Sur la place où se trouvait la petite chapelle, dans la clarté du matin, les cheveux tourmentés, à gauche de la porte, grand comme le palmier qui le côtoie, un Christ de bois, en croix. Sur son crâne fatigué, une douloureuse couronne.

3

Deux ans plus tard, un mois de juillet bien triste. C'était un mardi lorsque le vieil ami de Pierre de Rochecourt, le père Olligheri de la rue des Canotiers, avait appelé. On avait pleuré tout d'abord. Tous. Beaucoup, et longuement. Nous restions silencieux parfois, mais toujours ensemble, accoudés sur la nappe jaune de la cuisine, les visages rougis, les yeux lourds de regrets.

Ça avait été soudain. On avait toujours pensé qu'on avait le temps. Il était encore jeune, tout de même. Et tous ces mots tendres qu'on aurait dû se dire, tous ces baisers que l'on n'a pas donnés. Mon Dieu, quel gâchis.

Jeanne avait prévenu la famille proche. Le téléphone sonnait sans cesse. Certains étaient déjà là, à la maison. Tous étaient affairés, presque frénétiques, mais sans éclats de voix ni joie. Les mots étaient choisis et les voix mesurées. On s'échangeait des nouvelles des uns et des autres, de tous ceux que l'on ne voyait plus depuis des années et qu'il fallait maintenant appeler. Tous étaient sérieux et faisaient face avec dignité. Jeanne avait fait du café.

Romain restait calme. Il était un peu perdu. Il avait serré sa mère contre lui. Elle lui échappait un peu. Il ne voulait plus qu'elle pleure. Les larmes sur les joues des adultes lui faisaient toujours terriblement peur.

Il faisait beau à Locmaria ce jour-là. Un soleil de plomb, radieux et insolent. Les habits étaient gris et lourds de tristesse. Le cortège s'était arrêté. La famille se rassemblait dans le calme. Les hommes s'épongeaient la nuque de leur mouchoir bien repassé. Sur la route, ces vacanciers de retour de la plage les regardaient avancer lentement. À leurs yeux, la tristesse n'en était que plus cruelle. On se retournait sur leur passage, mais on comprenait. D'un geste discret, mais autoritaire, les parents calmaient les cris et les rires des enfants pour tenter de respecter le deuil.

Romain avait très chaud, et mal aux pieds. Ces chaussures noires et cirées n'étaient pas faites pour lui. Elles glissaient sur les dalles de la grande allée du cimetière et ne se pliaient pas en marchant. On ne pouvait aller nulle part avec ces chaussures. Elles n'étaient faites que pour enterrer des gens. Elles étaient sinistres et pénibles. Romain aurait voulu s'échapper. Ce n'est pas ici qu'il voulait dire au revoir à son grand-père, c'était à la pointe de Kerzo, au bout de l'île. Au bout du monde. Son grand-père y était certainement déjà. L'air y était bien meilleur que dans cette boîte.

Il ne savait pas qu'elle était venue. Il ne la vit que vers la fin, lors de ce moment terrible où chacun passe présenter ses condoléances à la famille. Un petit mot à demi prononcé et une poignée de main, la plus sincère possible. Elle tenait la main de sa mère, la meilleure amie de Jeanne. La jeune fille devait avoir l'âge de Romain. Elle passa près de lui et releva le visage. Elle était sincèrement triste. Romain la trouva belle. Son visage était fin. Elle était déjà grande, plus grande que lui, mais elle paraissait si légère, fragile. Elle croisa son regard, mais ne savait pas quoi dire. Il resta silencieux aussi. Il n'avait pas prononcé un mot de la journée, de toute façon. Mais toujours, il se souviendrait du visage d'Hélène, un trait de lumière dans un océan de grisaille.

Plus tard, dans le feutré du cabinet d'un notaire, Romain reçut une caisse à outils, douze ciseaux à bois, quelques carnets de voyage, un plumier et un vieux coffret contenant un cube de bois que monsieur le notaire n'avait pas su ouvrir et avait estimé vide après l'avoir secoué frénétiquement. Il n'avait pas été oublié.

4

Le temps avait passé. Le mois de mai 1960 était maintenant entamé depuis quelques jours. Romain traînait dans sa seizième année comme par hasard, dans une diffuse incertitude. Sa voix muait, mais le reste semblait tarder. Sa sœur était partie de la maison, à présent. Elle avait emménagé à Lyon, avec son mari et leur fils de cinq ans. Romain avait maintenant toute l'attention de sa mère et l'un et l'autre semblaient bien s'accommoder de cette situation. Une vie tendre et paisible, bien qu'un peu terne aussi, parfois.

Jeanne avait lu dans le journal un article sur une très belle exposition au sujet de saint Louis organisée à la Sainte-Chapelle sous le haut patronage du ministre de la Culture, André Malraux. Elle s'y rendrait avec une amie. Romain les accompagna, ayant toujours aimé les églises et n'ayant pas vraiment mieux à faire.

Jamais Romain n'avait visité la Sainte-Chapelle. Et jamais il n'aurait cru possible de créer autant d'air avec autant de pierres. Il eut un choc dans la poitrine en pénétrant dans la chapelle haute. Un choc profond que tout le monde dut certainement entendre. Il avançait à pas mesurés, le visage relevé vers la voûte bleutée. La lumière traversait l'édifice de toute part. Elle entrait, sortait, tournoyait. Mais grise à l'extérieur, elle renaissait à l'intérieur en une sainte blancheur, minutieusement composée de toutes les couleurs des vitraux.

L'exposition était bien agencée. Dans la chapelle basse, Romain avait découvert le règne de saint Louis dans ses grandes lignes. La chapelle haute, elle, faisait plus particulièrement référence à la Sainte-Chapelle et à son histoire. Romain ne cherchait rien. Il s'instruisait et y prenait plaisir. Au hasard d'une vitrine, il fut attiré par le magnifique sceau royal de cire verte sur lacs de soie rouge qui ornait le texte de la fondation de la Sainte-Chapelle par saint Louis. Paris, janvier 1246. Par cet écrit, le roi fondait un collège de chanoines et de marguilliers chargé de la garde des reliques. Car c'était ça, la Sainte-Chapelle, un vaste écrin, précieux et éblouissant, édifié pour recueillir la Sainte Couronne et la Sainte Croix, tout juste acquises en 1239.

Un peu plus loin, endormi dans son présentoir, le reliquaire de la Sainte Épine de l'abbaye de Grandselve ; en forme de tour ronde à l'intérieur d'un ciborium porté par quatre colonnettes. Romain ne put s'empêcher d'imaginer la piété et ferveur des mains qui ciselèrent cette pièce d'orfèvrerie, et combien cette Sainte Épine pouvait s'y trouver protégée et respectée. Soudain, il repensa à sa modeste épine, léguée par son grand-père, secouée sans vergogne par le notaire, et finalement nichée dans son petit cube de bois noir, dans ce coffret fragile, au fond de son armoire.

Puis vint le reliquaire de la Sainte Épine de l'abbaye du Verger ; de vermeil à décor de feuillage enchâssant un flacon de cristal de roche. Encore une ode à la foi, un émerveillement pour les yeux, même incultes. Et Romain pensa à son épine presque abandonnée derrière ses pulls en pagaille.

Enfin, le reliquaire de la Sainte Épine d'Agaune ; épaisse lentille de cristal dans une monture ovale d'or fin enrichie de perles et de pierres précieuses. Finesse et lumière.

C'est décidé, je range mon armoire en rentrant.

Toutes les vitrines savaient accrocher l'attention de l'adolescent, éveiller sa curiosité. Mais Romain fut tout particulièrement intéressé par le présentoir numéro deux cent cinq : on y découvrait un parchemin de Constantinople daté du 4 septembre 1238. Il arborait fièrement quatre grands sceaux de cire vierge sur double queue et témoignait de l'engagement de la couronne d'épines par l'empereur Baudoin II de Constantinople à Nicolas Quirino, un patricien de Venise. Le jeune homme se souvenait de ce qu'il avait pu lire dans les carnets de grand-père qu'il avait parcourus d'un œil distrait, il y avait quelques années. Nicolas Quirino, ce nom, il l'avait déjà lu. Grand-père était passé par là.

Je pense à toi. Je suis fier de notre épine de Jésus.

En sortant, Romain leva les yeux une dernière fois vers ces pierres et cette voûte insolente qui défiait les siècles. Il remarqua alors un vitrail de la baie centrale qui narrait la Passion. Dans sa main droite, Jésus recevait un roseau. Sur son crâne, une couronne d'effroi.

Le soir même, dans la tristesse d'une nuit sans lune, une nuit où le sommeil avait encore fui on ne sait où, Romain tira un tabouret près de l'armoire. Il alla sourire à son trésor, à cette épine ensanglantée qui avait ceint le front de Jésus, à cette relique qui avait traversé les siècles pour venir se cacher dans sa chambre d'enfant, en banlieue parisienne.
Les siècles des siècles.
C'est long, tout de même, les siècles des siècles, pour un petit bout de bois comme ça…

5

Depuis le début de cette année 1968, Romain habitait Paris. Un petit appartement sur une grande avenue. Un refuge bruyant dont les fenêtres ne s'ouvraient que rarement, trop hautes au-dessus des arbres de la rue. Il habitait la ville. Celle où les portes ne donnent pas dehors, mais sur d'autres portes et d'autres couloirs. Celle où, dans la nuit, au travers des cloisons si minces, il entendait parfois pleurer son voisin à qui il n'oserait jamais parler.

Vingt-trois ans, les épaules larges, Romain était un jeune homme que certains trouvaient difficile à cerner. On le disait discret, calme, mais on le pensait nonchalant, paresseux. Il n'avait pas d'exigence, rarement d'envie. Il n'imposait rien, ni sa présence, ni ses opinions, ni son regard. Il ne faisait que passer. Il arrivait que quelques adultes attentionnés le questionnent sur son avenir, sûrs qu'il ne saurait pas. Et il ne savait pas. Il ne s'en désintéressait pas vraiment, non. Il ne se sentait pas concerné, c'était tout. Et tous ces gens qui avaient réussi, qui étaient devenus autant de raisons sociales, et qui se penchaient sur son cas avec un sourire qui en disait long. Ils ne l'irritaient même pas. Ils le laissaient indifférent, plutôt. On espérait de lui qu'il ait des projets plein la tête, qu'il les étale sur la table comme un plan de bataille. Parce qu'il voulait y arriver, parce que c'était ça ou rien. Parce que quand on veut on peut. Rien. Romain ne voyait rien. Il aurait bien voulu faire plaisir, mais ça ne venait pas. Pas de projets, pas de raisons d'être là. Son temps se conjuguait au présent, au présent de l'impératif. Et encore. Romain restait muet et essuyait parfois quelques remarques ironiques. Il savait les pardonner.

Et l'épine ? Ah… Cette vieille histoire de fou. Elle était bien là, nichée au creux de sa tête. Un vieux rêve enveloppé dans un torchon usé. Elle sommeillait, elle savait que son heure viendrait. Juste une question de temps, de rythme, de priorité. Elle attendait un esprit apaisé pour s'y installer discrètement, pour s'y épancher pleinement. Mais la place manquait. Romain était seul et les yeux des jeunes femmes le fascinaient. À vingt-trois ans, Romain avait étreint quelquefois, mais aimé si peu. Elles le trouvaient beau, il se trouvait insipide. Il cessa progressivement d'aborder les filles. Il s'effaça de ce jeu de dupes. Il y réussit si bien qu'il finit par devenir transparent aux yeux de toutes. On le saluait à peine, il ne comptait plus. Il ne disait plus un mot, mais enviait à en mourir celles et ceux qui semblaient s'être trouvés. Romain rêvait de tendresse et de complicité. De douceur et de secrets. De mains dans les cheveux et de caresses sur les joues. Rien de bien compliqué, finalement. Mais toutes ces beautés trop maquillées aux rires si haut perchés lui faisaient mal aux yeux et peur au ventre.

Mais il y eut Hélène. Un sourire qui protège, un esprit qui adoucit, un regard qui pardonne. Ils s'étaient revus de temps à autre depuis l'épisode de l'enterrement de son grand-père. Ils s'étaient croisés souvent, leurs mères se fréquentant régulièrement depuis bien des années. Ils s'effleuraient alors d'une bise anxieuse et maladroite. Il l'avait vue se métamorphoser, de cette frêle enfant en cette fascinante jeune femme.

Elle avait tellement changé. Ses cheveux, son visage, sa silhouette ; mais son regard, lui, avait gardé intacte cette même lumière dont il se souvenait si clairement. Souvent, aussi, secrètement, Romain se laissait aller à rêver d'elle.

Ce fut Hélène qui vint le chercher. Il en aurait bien été incapable. Ce fut elle qui vit en lui celui que personne ne remarquait. Romain se laissa prendre. Il l'écouta lui dire ce qu'elle pensait de lui, ce qu'elle devinait, et petit à petit, la confiance grandit. Elle lui laissa le temps.

Il finit par s'ouvrir, se rassurer, se détendre. Il émergea finalement de derrière ses longues mèches de cheveux rebelles. Il releva le visage et reprit des couleurs. Il observa à nouveau autour de lui, se remit à sourire. Avec la main d'Hélène dans la sienne, il se sentait fier et fort. Le ciel était chaque jour un peu plus clair. Bientôt, dans cet esprit apaisé, le passé, son grand-père et son histoire allaient pouvoir reprendre leur envol. Une poignée de feuilles rousses dans le vent d'octobre, une épine au milieu.

Ce jour enfin arriva. C'était un petit jour d'automne bellilois, un de ceux que Romain passait dans la maison de Borderhouat dont sa mère avait hérité. L'automne déshabillait les forêts sous un soleil froid et serrait les oreilles sous la laine. Une bise salée donnait ce tenace goût d'aventure à la vie. Elle s'emparait de l'imagination du jeune homme et l'emportait trois pas au-devant, le long des chemins, dans les herbes folles, au hasard.

Ce fut ainsi que Romain se retrouva face à la chapelle de Locmaria, le coin des yeux inondé et les pieds dans le froid, malgré ses chaussures d'homme. Face à lui, toujours magnifique et de bois, son Jésus couronné. Sur le chemin du retour, le jeune homme pensait. Personne autour. Le rythme lent et régulier de ses pas le rendait songeur. Le calme alentour l'aida à porter un regard neuf sur cette histoire.

Je possède une Sainte Épine.

Long silence.

C'est simple. Je possède une Sainte Épine. Moi, Romain, vague Parisien anonyme de la fin des années soixante, sans dons ni goûts particuliers, je possède une épine de la Sainte Couronne de Jésus-Christ notre Seigneur. C'est mon grand-père qui me l'a donnée.

Long silence troublé.

Un trésor de l'humanité pour moi tout seul. Un peu gros, tout de même. Jamais rien fait pour mériter ça. Toujours été nul en histoire. C'est bizarre. Il y a certainement eu erreur sur le choix du héros.

Les mains au creux des poches, Romain traînait le

pas. Il n'était pas pressé d'arriver à Borderhouat, il était juste pressé d'arriver à comprendre.

Une hésitation fragile. Un doute inattendu. Il pourrait y avoir des trésors encore enfouis un peu partout, au chaud dans de la paille perdue, oubliés de tous. Ceux qui savent croient tout savoir. Une épine aurait facilement pu échapper à leurs inventaires académiques et aux aléas de la vie.

Peut-être alors… Une épine bien au sec dans un cube de bois dur, religieusement conservée par toute une génération d'êtres infaillibles. Une confrérie qui protégerait son trésor dans le plus grand secret.

Périlleux, tout de même. Une chaîne humaine où personne ne doit flancher. Une transmission sans faille de père en fils, ou même de grand-père à petit-fils. Tant de siècles sans incendies ni inondations, sans vols ni oublis, sans étourderie ni trahisons…

Puis l'assaut final du poids de la raison : non, c'est impossible. Complètement surréaliste, même. Désolé, grand-père, c'est une fausse, ton épine ! Je ne peux pas gober ça. Personne ne peut croire à une farce pareille. Deux mille ans ! Tu te rends compte ? Ça en fait un long chemin, pour un petit bout de bois.

Les premières maisons du hameau naissaient au bout de son regard. Romain pressa le pas. Dans les méandres de sa pensée tourmentée, le visage de son grand-père lui était apparu. Il était paré d'un blanc sourire.

On ne renie pas ses ancêtres comme on arrache

une mauvaise herbe. Il avait été mis dans le secret sans conditions, comme un privilège, une récompense. Il avait été élu, désigné, choisi. Tout ceci était bien difficile à rejeter en bloc. Et cette soirée fiévreuse où son grand-père avait pleuré, courbé sur son épine, devant un enfant de neuf ans. Impossible à effacer, un tel souvenir, impossible à ignorer. Ça regonfle l'âme la plus apathique, un tel mystère. Ça l'anesthésie un peu, ça bride l'esprit critique, ça cajole l'ego, et quelque part, ça ravigote.

Et s'il n'y avait pas eu erreur sur le choix du héros ?

6

Dès son retour sur Paris, Romain écuma le fond des malles et ressortit tout ce qu'il avait pu conserver de son grand-père. Photographies, documents, lettres, mais également les deux carnets de voyage dont il avait hérité. Tout sentait bien un peu la poussière, mais la poussière sentait le mystère. Alors, d'un revers de la manche, il partit à la découverte d'un grand-père qu'il avait si peu connu, mais tant aimé.

Le premier carnet de voyage était épais et gondolé. Il était riche aussi, de notes, de commentaires, de dessins. Les dessins étaient fins, les notes presque illisibles. Une écriture oblique, comme balayée par les vents bellilois. Qu'importe, le voyage dans le passé n'en devenait que plus mystérieux, la quête plus captivante. Le temps avait transformé ce carnet bien ordinaire en un vieux grimoire jauni qui en avait long à dire. Les marges étaient couvertes de dates soulignées à la règle. En regard, on y parlait d'un musée ou d'une église. C'était Florence et l'Italie.

Romain parcourut rapidement le second cahier. Londres, Paris puis Belle-Île-en-Mer.

Les dix premières pages étaient indéchiffrables, probablement écrites au crayon de bois et ternies par le temps. Suivait un dessin à l'encre de Chine d'un

Christ en croix, celui de Locmaria, semblait-il.

Il était tard et le jeune homme tremblait de sommeil. Mais il ne pouvait se détacher de sa lecture. Il avait chaussé les rêves de son aïeul et lui avait emboîté le pas. La quête commençait. Il se sentait vibrer, glisser sur les mêmes pentes, imaginer les mêmes mystères. Grand-père, attends, je vais trouver, je vais savoir, je vais te rejoindre dans tes certitudes. Et les pages tournaient, apportant des réponses qui appelaient d'autres questions. Dans le reste du carnet, le jeune homme croisa régulièrement quelques noms connus, comme celui du roi saint Louis ou Nicolas Quirino, ou d'autres encore déjà vus à l'exposition de la Sainte-Chapelle. Quelques dates encore, comme 1239, ou juin 1247.

Tout est flou. Juste une succession de faits, tous autour des saintes reliques de la Passion, la Sainte Couronne en particulier. Les lettres « S.C. » signifient « Spina Christi », épine du Christ en latin.

Ceux qui avaient connu Romain le trouvaient changé. Difficile de dire en quoi. Un peu plus grand peut-être, plus pâle aussi. Il apparaissait souvent absent, lointain. Sa vie n'était plus à présent une histoire toute simple que l'on pouvait plaquer entre deux verres sur le cuivre d'un comptoir. Il y avait autre chose, quelque chose de vaste, d'immense, d'invisible. On avait bien tenté de savoir, mais Romain éludait les questions. Il résumait les civilités au strict nécessaire, faisait capoter toutes les discussions par un manque d'entrain ostensible. Rapidement, il découragea les plus curieux et personne n'insista plus. Il perdit quelques amis, les autres se mirent à respecter son mutisme. On disait que c'était son droit, mais que l'on s'inquiétait quand même. Hélène appela Jeanne, la mère de Romain, qui la rassura. Ça allait passer. La jeune femme, plus que les autres, ressentait l'ampleur du changement, mais n'osait rien. Il est des voiles tellement obscurs que l'on ne s'imagine même pas essayer d'en lever un coin.

Romain vagabondait dans les âges, traînait dans des siècles qui ne sont plus, n'était plus vraiment d'ici. Son esprit lanternait sur le papier terni du cahier de son grand-père, qui l'avait happé comme un grand caïman. Il étudiait. Il avait plongé tête nue dans les pages de ces nobles ouvrages historiques dénichés dans la fièvre et le hasard. Il se surprenait à apprendre. Il réalisait parfois, avec surprise, se souvenir de ce qu'il avait lu, dans une clarté nouvelle presque effrayante. Quelquefois même, seul, il méditait sur sa scolarité laborieuse. Dommage qu'il n'y ait pas mis la même envie. Mais la soif était bien là, à présent. Le vaste champ de son ignorance restait à fertiliser. Au fil de ses lectures, de petits bouts d'histoire se laissaient négligemment tomber sur la terre de son savoir. Tous les jours, une feuille brune allait enrichir le sol de sa connaissance, un sol avide où déjà quelques premières pousses pleines de promesses naissaient. Un à un, les événements s'agençaient. Romain les recoupait, les recopiait consciencieusement. C'était un travail fastidieux qui lui prit des mois entiers. Mais son travail payait et l'histoire qu'il cherchait allait bientôt pouvoir éclore.

Un matin de printemps 1969, il s'éveilla avec le sentiment d'avoir une vue claire de ce qui s'était passé.

En ce début de treizième siècle, les croisés avaient le vent en poupe. Un souffle fort et tendu qui faisait fièrement claquer leurs bannières. La parole papale était portée jusqu'aux creux des plus lointaines contrées, jusqu'à Byzance même. Et l'on s'empara de la ville. On l'écrasa contre les cuirasses croisées. Un sac retentissant où les âmes glissèrent sur le fil des épées. Amen. Une victoire glorieuse où les crânes furent écrasés sous les masses acérées. Amen. La ville céda comme la noix sous le maillet et se laissa mourir entre ces mains gantées de fer plus que de foi.

Pour que la voix du souverain pontife trouvât en ce pays l'écho qu'elle s'estimait mériter, on créa un empire. En 1204, l'empire latin d'orient était fondé. Cette naissance représentait aux yeux du pape une éclatante conquête sur l'orthodoxie. Cependant, il en réalisa bien vite la précarité. En quelques années, depuis Trébisonde ou Nicée où ils étaient cantonnés, les empereurs grecs reprirent la presque totalité de leurs provinces. Le jeune empereur de l'empire latin d'orient, Baudoin II de Courtenay, ne gouvernait alors plus que Byzance et la Grèce méridionale.

Les années passèrent. Fragiles, longues, tendues. Aux portes de la ville, les Grecs se faisaient de plus en plus pressants. Face à cette situation précaire, en 1236, Baudoin II partit pour Rome et pour la France implorer le secours du pape et de saint Louis. Pendant son absence, la situation s'aggrava encore. L'empire touchait aux dernières extrémités. Plus de terres, plus d'hommes, plus d'espoirs, rien. Rien que du courage, de la fierté de chevalier et quelques épines : la Sainte Couronne d'épines, joyau du trésor de la ville, était tout ce qui restait aux barons de Constantinople, derniers défenseurs de l'empire. Aussi décidèrent-ils de l'engager. Ils en reçurent la large somme de treize mille cent trente-quatre yperpera de Nicolas Quirino, un riche patricien de l'opulente Venise. L'acte fut signé le 4 septembre 1238. Il stipulait que la somme devait être remboursée dans les cinq mois. Dans le cas contraire, la couronne resterait la propriété du Vénitien. Dans l'attente, elle serait remise en garde au podestat de Venise à Constantinople.

Très vite, Baudoin apprit l'existence de ces négociations entre ses barons et les Vénitiens. La piété du roi de France estimerait-elle plus largement la valeur de la relique ? Il alla voir saint Louis. La proposition était bien délicate. Baudoin savait le roi fort effrayé par le péché de simonie, celui d'acheter un objet spirituel. Baudoin fut adroit, saint Louis fut séduit. On convint que le jeune empereur remettrait gracieusement la couronne d'épines au roi et qu'en toute liberté, ce dernier lui fournirait une aide financière pour son empire en difficulté.

Décembre 1238. La somme avancée par saint Louis

était énorme. Nicolas Quirino se vit annoncer par Constantinople la venue de trois mandataires du roi de France chargés de ramener la couronne. Il s'agissait de Frères André et Jacques de l'ordre des Prêcheurs et du chevalier Nicolas de Sorello. Accompagnés des Vénitiens, ils allèrent à Constantinople quérir la relique tant convoitée. De retour à Venise sains et saufs, malgré les tentatives de l'empereur grec Vatatzés pour faire échouer l'entreprise, ils désengagèrent la couronne. Dans l'attente des formalités, elle fut gardée en l'église Saint-Marc.

Quirino étant payé, les Vénitiens laissèrent partir avec regrets la relique vers la France. Elle traversa l'Italie du Nord et l'Allemagne sous la protection de Frédéric II.

— Elle est à Troyes ! La sainte Couronne est à Troyes !

Une effervescence rare s'empara de la cour. Le roi et ses ministres ajournèrent le conseil. On ne parlait plus que d'elle. La relique faisait exploser les cœurs. Saint Louis fit prévenir sa mère, Blanche de Castille, qui vint partager la joie de tous. Puis on n'y tint plus. On décida unanimement que les affaires du royaume pourraient attendre et le roi ordonna de partir sur-le-champ. Accompagné de ses frères et de sa mère, de Gauthier Cornut, archevêque de Sens, de Bernard, évêque du Puy et des quelques chevaliers et barons qu'il put réunir à la hâte, le roi se mit en route.

Ce fut peu après Sens, à Villeneuve-l'Archevêque,

près du manoir de Mauny, que le 10 août 1239, les premiers sergents du cortège royal aperçurent André le dominicain au bout du chemin. Il semblait avancer en paix, suivi peu après par Nicolas de Sorello et Jacques.

André s'efforçait de ne pas trop sourire, mais la joie de la tâche accomplie lui brûlait les lèvres et tambourinait à tout rompre dans sa poitrine. Il aurait tant voulu avoir l'air détaché, avoir la force de minimiser son expédition, d'atténuer sa gloire, de se considérer de loin, le regard bas, le visage se permettant seulement un humble demi-sourire.

Mille fois, rêveur et accoudé au bastingage, entre Constantinople et Venise, il s'était joué cette scène de la rencontre. Mille fois il avait fait face à Louis et lui avait tendu le coffret accompagné d'un simple « voici, mon roi ». Mille fois il s'était vu répondre sans emphase aux félicitations, dire qu'il avait juste fait son devoir.

Mais non ! Il ne pouvait plus y tenir ! C'était trop fort ! Depuis le bout du monde, il avait rapporté à son roi la plus noble des reliques de la terre. Et il hurlait en levant les bras au ciel. Plus de réserve, plus de solennité. André criait, gesticulait et se retournait pour partager son allégresse avec Nicolas et Jacques. Il avait laissé sa joie exploser, et dans tous les regards, on pouvait en trouver des éclats de bonheur.

Le cortège se trouvait maintenant entouré de toute une escorte de barons et de chevaliers plus exaltés les uns que les autres. Le roi semblait perdre la tête. Il cherchait le précieux coffret des yeux. On criait de toute part en descendant de cheval dans un nuage de poussière. Jacques et André s'étaient arrêtés, maintenant. Enfin, le roi imposa le silence autour d'eux.

Le calme s'installant, le protocole reprit ses droits. La mère du roi, Blanche, semblait ne plus pouvoir attendre. Le propriétaire du domaine, Guillaume de Mauny, restait en retrait. L'évêque Gauthier de Sens jouait des coudes pour retrouver une place plus digne de son rang, entre le roi et Bernard d'Annecy. Jacques et Nicolas se tenaient de part et d'autre de la robuste caisse de bois. André fit face au roi et fut surpris par la couleur de ses yeux. Il ne se les rappelait plus être si purs. Le moment semblait venu. Il prit alors son souffle sans hâte, savoura encore ces quelques fragiles secondes et, s'écartant d'un pas pour découvrir le coffret, débita un calme et solennel :

— Voici, mon roi.

On n'échappe pas à son destin.

Le premier coffret était de bois. Le roi le fit ouvrir sur-le-champ. Le cercle se resserrait sous la pression de ceux qui n'y voyaient pas. André, Jacques et Nicolas ne lâchaient pas leur place d'un pouce. Tout au long de ce voyage, ils avaient versé dans cette caisse bien trop de secrets et de songes pour être encore capables de renoncer à en découvrir le contenu.

On opéra alors. Le coffret de bois accoucha d'un coffret d'argent. On glissait déjà vers le précieux. Le second coffret était bardé de sceaux. Le roi en vérifia lui-même l'authenticité, en les comparant aux six sceaux de cire vierge sur double queue appendus aux lettres patentes que lui avait remises Jacques. Anselme de Kaen, Nariot de Toucy, Geoffroy de Mery, Willan d'Annet, Gerard de Struens, Milon Tirel : le roi les compara un à un, malgré l'anxiété régnante. On fut rassuré. L'impatience avait grandi les hommes de derrière, qui se juchaient sur la pointe des pieds.

On ouvrit alors le coffret d'argent. Une cassette d'or de la plus grande finesse apparut à la lumière du jour. À moins que ce ne fût la cassette d'or qui éclairât le jour. On ne savait plus bien. On perdait la tête. La Sainte Couronne s'y trouvait, c'était sûr, on en entendait le battement sur le couvercle. Non, se dit André, c'est juste mon cœur.

On fit basculer le couvercle sur ses gonds.

Doucement.

Voilà. Encore un peu… Là…

Les plus proches crièrent.

Le roi était transformé en statue de sel.

La Reine pleurait.

Et le temps s'arrêta lorsque des mains sacrées brandirent aux yeux de tous un cerceau de petit bois desséché.

Le roi, toujours de sel.

Robert d'Artois s'attendait à un vieil objet, deux bouts de brindille, guère plus. Il souriait largement. La Sainte Couronne ressemblait à une couronne. Tout allait être plus simple à expliquer au peuple. Elle allait certainement émerveiller les foules et c'était fort rassurant. Robert observa son frère, qui lui apparut comme pétrifié. Au milieu de ces gémissements, de ces larmes, de ces soupirs, son silence tranchait singulièrement. On aurait dit qu'il voyait Jésus en personne. Seules ses mains tremblaient. La ferveur faisait poindre la sueur sur son front. Sa pupille était dilatée, son souffle court. Du bout des doigts, il effleura l'objet.

Enfin.

Peu après, on replaça la relique au creux de ses coffrets et toute la cour se retira dans la chapelle de Mauny sur l'invitation de Guillaume. Là, solennel, le roi détacha de la sainte Couronne de précieuses épines dont il fit don à quelques personnalités présentes.

Dehors sur le parvis, Marie de Mauny, une petite fille aux yeux ensoleillés, ne comprenait pas. Sa mère lui avait fait mal, tout à l'heure, en lui serrant le bras. Elle répétait « regarde Marie, c'est le roi, regarde Marie » et serrait de plus en plus fort. Dans la poussière, Marie n'avait vu qu'un beau cheval drapé. Un très beau cheval et un long drap qui traînait presque sur le sol de la cour. Tous ces hommes dans sa maison si tranquille d'habitude l'inquiétaient. Et son père, Guillaume, qui ne voyait plus sa fille tellement il portait la tête haute et le regard droit. Marie, elle, trouvait que les chevaux avaient faim et leur donnait à manger quelques longues herbes folles.

Un peu plus tard, elle vit saint Louis s'approcher de son père. En passant près d'elle, le roi lui posa tendrement la main sur la tête. Ses doigts glissèrent dans ses cheveux blonds. Elle releva le visage et vit le roi qui lui souriait. Elle en fut bénie dans l'instant. En retrait, sa mère ne contenait plus son émoi.

La bibliothèque Sainte-Geneviève allait fermer d'ici peu. Romain plissa ses yeux rougis de fatigue. Son esprit retraversa péniblement les quelques siècles qui le séparaient alors du présent. À la rame et à contre-courant vers un présent bien fade. Un long voyage vers un maintenant où il n'y avait rien ou si peu. Ni roi, ni dominicains, ni ferveur. Quel intérêt, alors ? Inutile de s'éveiller complètement. Autant rester encore un peu là-bas, avec Jacques et André et les autres. Le présent patienterait bien encore un peu.

Romain referma un à un les ouvrages d'histoire qui jonchaient le bureau. Les couvertures de cuir rouge s'abattirent lourdement sur leurs pages de secrets. Le soir s'était avancé. Il pleuvait sur Paris.

7

Quelle histoire ! Quel objet sévère, terrible et hautain ! Romain ne se sortait plus la tête de sa couronne. Elle lui était tombée dessus telle une mauvaise nouvelle, toutes épines dehors. Elle s'était agrippée à ses jeunes cheveux, s'y était mêlée, s'y était plu. De là, elle régnait tout entière. Elle voulait tout, exigeait beaucoup. Elle l'habitait, l'enserrait, le menaçait fort, très fort, lui brisant la nuque et lui oppressant la poitrine. Elle ne lui laissait plus que quelques minces filets d'air pour vivre, juste assez pour continuer sa quête. Elle l'avait effacé du monde.

Hélène s'inquiétait. Romain était si différent. Chaque jour, il semblait disparaître un peu. Il était très doux, paraissait serein, ne se plaignait jamais. Sa voix était changée. Elle y remarquait des accents qu'elle ne lui avait jamais entendus. Des airs plus rêches, plus rocailleux. Comme un parfum de plateaux, de montagnes ou de lacs lointains. Des troupeaux encore. De vastes troupeaux à flanc de montagne. Quelques cailloux. Non, en fait, beaucoup de cailloux, des cailloux rouges et ocre, dévalant de vastes pentes, tombant dans de grands lacs. Des cailloux de Galilée roulant des pentes de Galilée pour éclabousser de grands lacs de Galilée. C'était tout ça, sa voix maintenant. Elle aurait pu s'en enivrer, en laisser le parfum pénétrer ses pensées. Mais elle n'était pas prête encore.

Le plus étrange était peut-être la façon dont il la regardait. Il la contemplait, l'admirait, comme une bible ouverte à la page du septième jour. Il se couchait près d'elle, mais ne la touchait pas, ou juste embrassait ses cheveux, une main sur sa tempe. Il paraissait si serein, si beau, qu'elle n'osait lui parler trop. Elle était douce aussi. Alors elle baissait les yeux, soupirait faiblement et laissait ses paupières couvrir son regard brûlant de désir. Romain voyait ses seins lourds, son tendre ventre, le galbe de ses hanches. Reposé alors, il s'endormait sans un mot.

Un mercredi de juin, Hélène alla voir Jeanne, qu'elle connaissait depuis toujours, dans sa modeste maison de banlieue. Il faisait beau ce jour-là et le soleil imprimait les contours de la fenêtre sur le tapis du salon. Une brise ténue, un bel arbre au feuillage jaune et beaucoup de sourires. Le thé fumait dans son pot d'argent, il brûlait les lèvres. Encore quelques civilités. Elles s'appréciaient. Un bruit de porcelaine, la tasse qui retourne à sa coupelle. Elles conversaient alors comme seules deux femmes peuvent le faire, prenant soin de comprendre tout ce qui n'était pas dit, et de ne mentionner que du bout des lèvres ce qui devait être compris. Elles échangeaient avec la même aisance paroles, regards et silences. Un jeu qui les rendait si belles. Elles s'embrassèrent en se quittant.

Le lendemain, Jeanne monta dans un vieux train gris. Elle allait à Paris à la rencontre de son fils. En chemin, son attention resta perdue entre les rails de la voie d'en face. Elle y choisissait ses mots, y tournait ses phrases, en prévoyait les réponses et fourbissait ses répliques. Elle était prête, se promit d'être attentionnée. Confiante, elle sourit à son reflet dans la vitre du train.

Quand elle vit son fils, elle l'embrassa. Lui ne fit que tendre la joue. Jeanne commença ainsi :

— Romain, écoute-moi, il faut que tu te ressaisisses…

Les paroles qui suivirent furent des paroles de mère aimante et présente. Des paroles soucieuses. Trop. Romain choisit de les pardonner, de ne pas les entendre. Il les laissa passer dans l'air, glisser sur le faux marbre de la table de café pour finir leur course sur un bout de trottoir, sous les chaussures des passants. Sa mère parlait, et il fixait toutes ces chaussures. C'est fou ce qu'il faut de chaussures pour faire disparaître autant de paroles inutiles. Quand il en eut assez, il se leva et tendit à nouveau la joue à sa mère. Elle prit à peine le temps d'y déposer une bise entre ses dernières conclusions trop bien dites.

Au revoir. Ça va aller, tu vas voir.

Sur le retour, Romain marchait au bord de la Seine et des larmes. Sa mère, s'éloignant de même, comprenait à chaque pas un peu plus. Chacun se sentait étrangement conscient. Conscient de l'effort qu'il aurait fallu faire : Romain, de remettre un pied parmi les vivants, et Jeanne, de lui sourire un peu, de ce sourire qu'elle avait eu pour lui, il y avait vingt-quatre ans, lorsque pour la première fois, elle lui avait offert le sein.

Dans le train un peu plus gris du retour, elle comprit qu'on ne faisait pas disparaître un rêve de verre à coups de maillet en bois. Il ne peut qu'éclater en mille blessures. Le train la berçait. Imperceptiblement, elle glissait dans son siège. Son dos se courbait, sa nuque se reposait en arrière. Elle défit un bouton de sa veste, lâcha son sac et se sourit dans la vitre du compartiment. Même geste que ce matin, seul le sourire était différent. Elle se souriait d'amour, pas de victoire. Un rêve de verre, si fragile, pourquoi n'avait-elle pas compris ?

Elle se pencha alors et sortit de son sac un carnet vert et vieux qu'elle n'avait pas su donner, un carnet de voyage de son père. Elle l'avait retrouvé à Locmaria, en rangeant la maison après l'enterrement, dans le tiroir de la table de chevet. Elle se doutait bien que son père aurait voulu le donner à Romain, avec les autres, mais elle avait toujours hésité. Elle le prit sur les genoux et l'ouvrit précieusement. Un peu vers la fin, sous la date du mercredi 16 octobre 1912, elle relut la fine écriture de son père : « J'ai toujours su que j'avais raison d'y croire. Je suis tellement heureux. » Dans la marge, au crayon : « Spina Christi, M. Bouton, J.F. Hill, Dublin, 1889. »

Le train arriva à destination. Jeanne descendit et se rendit à pied à la poste.

8

Ce fut Hélène qui trouva le petit paquet dans la boîte aux lettres le lendemain matin. Elle le laissa sur la table de la cuisine avec un « je t'aime » près du bol, peut-être écrit avec un peu plus de cœur que d'habitude. Ce matin-là, Romain ne mangea pas. Il ne dévora que le carnet de son grand-père. Quel travail ! Un cahier de la vieille école, posé et appliqué. Au milieu, sur huit pages, un magnifique arbre généalogique. Un arbre à la recherche de ses racines. Des branches partout, une forêt à lui tout seul. Des noms de nobles sur toutes les feuilles et une profusion de dates, avec même quelques treize cents et quatorze cents. À la fin, sans plus d'explications, cette phrase que Romain se répétait à l'infini : « J'ai toujours su que j'avais raison d'y croire. » Et, juste à côté, ce qui semblait être la référence d'un livre : « Spina Christi, M. Bouton, J.F. Hill, Dublin, 1889. »

— Bouton et Hill… Bouton et Hill… Attendez voir…

Romain patientait au pied de l'immense rayonnage de cette belle librairie. Il vibrait, il bouillait d'impatience, mais il sut garder un calme apparent.

Du haut de son tabouret métallique, la jeune vendeuse à la taille fine se retourna, sortit la branche de ses lunettes de la bouche et devina :

— Non, nous n'avons pas. C'est un ouvrage ancien, je pense ?

— 1889, répondit simplement Romain.

Un sourire de satisfaction professionnelle presque exaspérant accompagna la jeune femme dans sa descente du tabouret. Elle continua :

— Laissez-moi vérifier s'il n'a pas été réédité, par hasard…

Un gros livre usé par de multiples consultations lui apprit que non. Elle en paraissait presque réellement désolée.

— Essayez donc un bouquiniste, ajouta-t-elle, un de ceux du quai de Seine par exemple. Avec un peu de chance…

Cette idée fit chez Romain le même effet qu'une carte au trésor sans la croix rouge, ou qu'une bouteille à la mer sans bouchon. Mais à défaut de mieux, avec un peu de chance, avait-elle dit.

Romain rejoignit le fleuve.

Avec le soleil, les présentoirs du bord de Seine s'étaient mis à bâiller en grand, découvrant largement leurs trésors rescapés des poubelles. Avec eux, tout devenait possible : dénicher l'imprévu, retrouver l'oublié. Mais tout en devenait tellement improbable. Jamais le brouhaha, la profusion n'avaient autant semblé masquer le vide et la rareté. Il n'y a que le hasard lui-même qui soit assez chanceux pour y retrouver ce qu'il cherche. Il n'y eut jamais moins de choses que dans cette exubérance. La corne d'abondance asséchée.

Une terrible soif nouait la gorge de Romain. Et cette enfilade de bouquinistes qui n'en finissait pas. Comment s'arrêter ? Comment se convaincre entre deux échoppes que la suivante n'apportera rien de plus ? Comment admettre le probable comme une certitude ? Comment se convaincre que quelques millièmes de chance n'en sont pas ? Impossible ! Et Romain les fit donc toutes. En vain. Avec un peu de chance, avait-elle dit ?

— Allez à la Bibliothèque nationale.

Romain se retourna comme l'aiguille d'une boussole. L'homme ne bougeait pas. Paisiblement installé dans son fauteuil de toile de lin, un peu à l'écart de son présentoir, le journal du jour sur ses jambes croisées, il semblait presque dormir. Lentement alors, de son vieil index, il releva le bord de son canotier qui lui masquait le regard et tourna légèrement le visage vers Romain.

— Rue de Richelieu, je crois. Dans le deuxième.

Il souriait à présent. Un platane mouchetait de lumière sa barbe blonde. Romain remercia le regard bleu acier. Le journal reprit l'homme et son canotier.

En marchant, Romain extirpa d'une de ses poches son plan de Paris. Rivoli, puis Richelieu. Il irait à pied. Deux passages pour piétons, une place, et le bâtiment se dessinait alors dans l'enfilade de la rue. Bien anodin extérieurement, il impressionnait pourtant par sa symbolique. Bonjour Mémoire, se dit Romain en entrant.

Quelques questions d'usage sur sa recherche lui furent alors posées, pour lui donner son laissez-passer. On ne fit pas de difficulté. La salle de travail s'ouvrit donc à lui. Il chercha la place numéro cinquante-trois, y déposa ses quelques affaires et se dirigea vers la salle des catalogues, sur la droite par les escaliers.

Romain se fit aider, car il crut tout d'abord avoir mal cherché. Rien au classement par auteurs ni à Bouton ni à Hill, rien non plus au classement par titre à Spina Christi. Il s'apprêtait à compulser la liste des ouvrages publiés en 1889 lorsqu'on attira son attention sur un détail auquel il n'avait pas prêté attention : le livre n'avait pas été publié en France, mais à Dublin, en Irlande.

Romain replia consciencieusement son cahier de notes, ramassa ses quelques stylos et prit, défait à nouveau, le chemin du retour.

Au début, il n'y pensait même pas. Il était déçu, c'était tout. Il aurait dû réfléchir avant de venir. C'était tellement évident. Les ouvrages publiés à Dublin ne sont pas archivés à la Bibliothèque Nationale de France. Il n'avait pas fait attention. C'était idiot.

Il marchait en pressant le pas. Il repassa alors sur le quai des bouquinistes, devant le fauteuil vide et le stand cadenassé du vieil homme à la barbe ensoleillée. Il ralentit, et s'arrêta finalement. Il n'y avait personne.

Personne pour l'aider. Le bouquiniste, le platane et le soleil ne donnaient plus de conseils. La vie suspendue dans un nuage de questions et de doutes, Romain tout seul au milieu.

Mais tu as le choix, Romain. Ce n'est pas encore bien clair, mais tu vois tous ces gens qui traversent le pont un peu plus loin, et toutes ces péniches qui passent en dessous ? On va tous quelque part. Plus ou moins vite, plus ou moins directement, parfois sans savoir, mais on y va. Maintenant, tu peux continuer de te laisser glisser comme ces bateaux sur la même ligne d'eau, ou tu peux écouter ce que te chuchote cette petite folie en toi. Oui, c'est peut-être le bon moment. Pourquoi pas ? Qu'as-tu à y perdre ? Finalement, il n'y a certainement pas d'autres solutions. C'est juste ta vie, ce n'est pas grave. Il faut y aller. Oui, c'est ça. Cela paraît inévitable à présent, inéluctable. Il faut que tu y ailles. Vas-y, plonge.

C'est parti.

Hélène l'attendait depuis longtemps déjà. Ses yeux étaient chargés comme de gros nuages d'orage. C'était ainsi qu'elle était la plus belle, dans la force de la tristesse, presque maternelle, déjà un peu divine. Romain avait couru dans l'escalier. Il traversa l'entrée, Hélène ne bougeait pas. Elle devait être transparente, il ne la vit pas. Il alla dans leur chambre, prit son vieux sac de cuir et le bourra de quelques affaires. Du couloir, la jeune femme aux yeux déjà vaincus entendait les portes des armoires tourner et les tiroirs glisser. Elle n'osait entrer, terrifiée à l'idée qu'il ne lui dise rien. Le sac à la main, Romain sortit de la chambre. Une vive lumière attira soudain son attention : près de la porte d'entrée brillait un visage étincelant de larmes. Il s'en approcha et y posa le bout de ses doigts. Lentement, il les laissa glisser et, sans un mot, en effleura les sourcils, en caressa les paupières, en souligna les joues et survola la pulpe des lèvres. Il la lisait comme un livre d'amour en braille. Il la lisait du cœur. Le temps s'allongeait, plein de retards.

Hélène lui chuchota quelque chose. Il sembla répondre et elle crut entendre un délicieux et inespéré « je t'aime » voler de sa bouche à lui vers son cœur à elle. Elle n'en était pas sûre, mais il était déjà parti.

Dehors, la lumière était basse. Derrière les pulls, un petit cube de bois lourd manquait.

9

Dublin, quelques jours plus tard. Quelques jours plus loin. Quelques jours ailleurs.

Romain était en Irlande. La paix avait gagné son être. Il s'était libéré. Il est des glissades de l'âme qui sont si puissantes que le corps ne peut y échapper. Et c'était le corps de Romain qui se trouvait maintenant de l'autre côté de ces mers et de ces terres. Elles avaient d'ailleurs un subtil parfum de Galilée, ces terres d'Irlande. La flûte y sonnait dans le vent. Elle y jouait un air d'aventure.

Depuis son banc, Romain pensait, murmurait même. Le jeune homme dodelinait de la tête, se souriait parfois. Il faut du souffle pour mener à bien un élan romantique. Il ne suffit pas de claquer une porte ou de pousser un cri. Il s'agit de mûrir son élan, de le canaliser, de le retenir pour en distiller la force dans le temps. Une épreuve pour le jeune homme.

Mon Dieu, que fais-tu ? Pourquoi dessines-tu sans cesse ce visage au-devant de mes pas ? Ce beau visage, si mélancolique, brillant comme un coucher de soleil sous son bain de larmes. Je l'ai entr'aperçu tout à l'heure dans le bleu feuillage de ce vieil arbre, je l'ai revu baigné dans les eaux noires de la Liffey, et ne serait-ce pas… oui, ce sont ses cheveux que le vent fait danser sur ce jardin devant moi ! Qu'il est doux, le regard qu'elle me porte. Je n'aurais peut-être pas dû partir comme ça.

Romain sortit finalement de ses rêveries, releva le visage. Il se leva et laissa tomber le caillou gris qu'il caressait sans y penser.

Le temps était clair. Dublin était une ville accueillante, et il avait un livre du siècle dernier à dénicher.

Ce fut au rayon « Religion » d'une belle librairie de O'Connell Street que Romain commença sa quête le cœur léger. À l'aventure, juste pour forcer la chance. Elle sembla lui sourire indirectement : il ne trouva pas de livres, mais quelques bons conseils comme celui de se rendre à la Marsh's Library, près de Saint-Patrick's Church.

La Marsh's Library était la plus ancienne bibliothèque d'Irlande. Elle s'enorgueillissait de plus de vingt-cinq mille volumes de théologie, d'histoire ancienne, de médecine, de littérature grecque, latine ou française. Romain se réjouissait silencieusement. Il avait appris à aimer ces rayonnages vernis chargés de secrets. Dès le passage de la porte, ils lui apparurent, dans une perspective rassurante, sagement alignés de part et d'autre de la salle. Ils étaient un peu courbés, légèrement tordus, mais incroyablement fiers de tenir debout encore. Ils portaient leurs charges avec dignité. Le bois avait fléchi avec les siècles. Il avait plié sous le papier et rendait chaque rayonnage unique. Tous ces ouvrages étaient comme des ancêtres bienveillants. Ils l'attendaient. De nobles grands-pères en tenue d'apparat dont la voix serait posée, hésitante par moments, mais riche d'aventures et de confidences pour qui tendrait l'oreille. Tout ceci était d'un autre temps. La lumière qui baignait la pièce était chaude comme le cuir. Il faisait bon. Le sol était mou. Impossible de ne pas chuchoter. Surtout, bien faire attention à ne rien faire tomber.

Jamais Romain ne s'était si rapidement senti bien avec quelqu'un. En confiance, tout simplement. Gillian lui était apparue sereine et sensible dès leurs premières paroles. Elle lui proposa de le renseigner. L'anglais bredouillant du jeune homme la fit sourire discrètement. Elle lui laissa encore quelques secondes, juste le temps de rougir, puis lui redemanda ce qu'il cherchait, mais en français cette fois-ci. Gillian avait vécu à Paris avant la guerre. Elle y avait appris la langue et découvert la littérature. C'en était devenu une passion. Maintenant qu'elle se trouvait être à la retraite, elle venait aider de temps à autre à la bibliothèque. Surtout en automne, lorsque la solitude lui pesait le plus. Elle ajouta qu'elle n'était pas triste… Elle s'arrêta. Elle parlait trop, déjà. Romain lui répondit d'un sourire. Elle était pétillante. Il lui dit qu'elle ne faisait pas son âge, mais il s'aperçut trop tard qu'il ne le connaissait pas. Elle accepta quand même le compliment en baissant le regard pour le faire courir le long des motifs persans du tapis. Son visage était joliment ridé, mais son gilet de laine avachi avait les poches trouées et tachées d'encre, comme celui d'une écolière. Soixante-dix, peut-être plus. Non, pas avec cette étincelle dans les yeux. Il renonça. Ce sera Gillian-sans-âge.

Romain avait déjà vécu cette scène, celle de la recherche infructueuse. Et si ça n'avait pas été Gillian, il serait déjà dehors, bousculant quelques cailloux du bout du pied. Mais elle voulait l'aider. Elle avait tout de suite remarqué, à la date de l'ouvrage, qu'il y avait peu de chance de trouver *Spina Christi* ici. La Marsh's Library possédait en effet principalement des ouvrages datés d'avant 1701. Mais il restait une chose à faire : consulter les registres de publication des ouvrages en Irlande sur le siècle dernier.

Romain, lui, s'était découragé très vite. Il ne voulait plus déranger. Il aurait voulu que ce soit facile. Il voulait partir en s'excusant. Il se chiffonnait tout seul dès le moindre écueil. Mais Gillian était de celles et ceux qui s'approprient les problèmes des autres et ne leur rendent qu'une fois résolus. Elle disparut dans le ventre du labyrinthe, entre les hauts rayonnages, à la recherche de ses registres. Si ça n'avait pas été Gillian, Romain l'aurait laissée disparaître. Mais avec elle, on était forcé d'y croire.

Quarante-cinq minutes plus tard, un jeune Français aux yeux rougis sort de la plus ancienne bibliothèque d'Irlande. Il s'arrête, change son sac de main, puis repart. Il vient de passer quelques moments étonnants, parsemés d'instants d'espoir et de désillusion. Mais dans ces cas-là, c'est toujours le dernier qui compte, qui laisse un goût dans la bouche. Ce jour-là, la bouche de Romain avait un goût de rien du tout.

C'était Gillian qui avait joué la dernière scène. Elle avait basculé son frêle buste en arrière, s'était appuyée sur le dossier de sa chaise de bois qui avait craqué légèrement, puis, dans un seul souffle qui ne laissait plus de place au doute, elle avait asséné sa conclusion :

— Romain, ton livre, il n'existe pas.

Mon livre n'existe pas.

Génial.

Mon livre n'existe pas, mon grand-père est un fou, et moi, je suis son digne petit-fils égaré au bout de l'Europe sur ses traces de fou.

Inégalable.

Beau patrimoine génétique.

Ton magnifique livre magique n'existe pas, grand-père. Tu m'entends ? Je ne peux pas me faire à cette idée, elle me déchire le ventre, me dévore les entrailles, me tue, mais c'est la vérité ! Tu m'entends, au moins ? Mais dans quel rêve as-tu passé ta vie ? Qu'as-tu fait de ta raison ? Comment as-tu pu me faire ça ? Tu savais que ça marcherait, que j'étais le seul à être suffisamment paumé pour que ça marche… J'ai peine à y croire. Moi, fier descendant d'un visionnaire illuminé, j'en pleure tellement j'y ai cru. Tu me vois ? Regarde-moi au moins, regarde ce que tu as fait de moi ! Regarde ce que tes rêves ont fait des miens. Pulvérisés, anéantis, des poussières de rêve, des poussières de poussières. Je perds tout en croyant en toi. T'étais vraiment le mauvais cheval. Mais d'où l'as-tu sortie, ton épine, d'un buisson du fond du jardin ? Mais c'est une belle épine, ça, dis-moi !

Romain parlait de vive voix en marchant. Si fort que sa déception éclatait sur le trottoir aux yeux de tous. Déjà, à la surface de son cœur, les larmes montaient par vagues. De petites vagues tout d'abord, qui s'allongeaient peu à peu, se creusaient, prenaient de l'ampleur. Une allait certainement bientôt déferler sous ses paupières.

Je rentre demain.

10

Le lendemain, Dublin s'éveilla sous une pluie battante. Ce n'était pas une journée à voyager. Romain fut surpris d'avoir si bien dormi. Quelque part, il devait se sentir libéré. Sa quête était terminée. Soulagé, il fit glisser la fermeture de son vieux sac.

— Désolé, jeune homme, plus de bateaux avant ce soir.

La pluie faiblissait, Romain avait du temps devant lui. Avec la brise de mer qui balayait les nuages menaçants, c'était l'horizon de ses pensées qui se dégageait. Il se sentait léger, hardi même. Comme les Irlandaises sont belles ! Il aurait voulu leur parler. Il soutenait même le regard de celles qu'il croisait, recevait quelques sourires. Il se sentait séduisant et contrôlait son apparence d'un coup d'œil rapide dans le reflet des vitrines. Il se trouvait une allure romantique et quelque peu nonchalante, avec sa veste de gros coton et ses cheveux un peu longs. Le temps filait. Il déjeuna sur un banc de Saint-Stephen's Green, laissa quelques miettes aux oiseaux et alla écouter un groupe de jeunes musiciens sur Grafton Street.

En fin d'après-midi, le ciel s'était complètement éclairci. Pensant au départ qui s'approchait, il décida d'aller dire adieu à Gillian de la Marsh's Library. Elle l'avait tant aidé. Elle n'y était pas, mais un billet de sa main attendait le jeune homme à l'accueil :

Romain,
Pourquoi ne pas venir me retrouver ce matin à Trinity College ? Si ton livre existe, il est là-bas. Mes registres ne sont que des livres... une erreur est toujours possible.
Gillian
(Voici mon adresse si besoin : 8, Erne Street Upper près de Westland Row Station)

Romain n'avait plus beaucoup de temps devant lui, mais il décida de s'y rendre pour y rejoindre Gillian. Il pressa le pas.

Romain pénétra dans l'enceinte de Trinity College par la porte qui donne sur Nassau Street. Le campus était immense. Tout en marchant, il se demandait s'il avait encore une chance d'y retrouver Gillian. Romain ne savait où aller. Son bateau qui partait dans moins de trois heures et son livre ressuscité lui serraient les entrailles. Tout est enterré, on s'est battu pour se faire une raison, on est même fier d'y être parvenu, et à la première réminiscence, tout renaît comme au premier jour. L'épave est renflouée. Du plus profond de l'âme, elle s'arrache dans un nuage de boue, s'élance, accélère, va plus vite encore. L'eau s'assombrit, une tache de plus en plus large s'étale à sa surface, une masse énorme remonte à une vitesse folle. On la devine, on la sent, on la voit presque, elle jaillit enfin en emportant tout. Et là, face à lui, au fond de la deuxième cour, un vaste édifice allongé : c'est l'Old Library.

Dès l'entrée, Romain chercha Gillian des yeux, mais il ne croisa pas de gilet de laine aux poches tachées. Par contre, il remarqua une plaque destinée au visiteur : l'Old Library est depuis 1801 une *copyright library*, et reçoit à ce titre un exemplaire de tous les livres publiés dans les îles Britanniques. Depuis 1801, nota Romain avec un sourire. Gillian avait raison : si mon livre de 1889 existe, il est là.

Le jeune homme demanda son chemin à quelques personnes à l'entrée. On lui indiqua un couloir derrière lui. Il s'y engagea en suivant un groupe d'étudiants pour finalement rejoindre un vaste bureau austère, apparemment réservé à l'accueil des chercheurs et autres thésards souhaitant accéder aux rares ouvrages pour leurs recherches. Romain rassembla son courage et son plus bel anglais, puis s'avança vers le guichet pour y annoncer qu'il cherchait un livre de 1889. Une vaste paire de lunettes rouge posée sur une dame mal lunée lui répondit qu'on devait l'accompagner, mais qu'il devait tout d'abord s'asseoir et attendre. Romain se retourna et vit une dizaine de personnes assises, aux genoux trépidants de nervosité. Il prit son plus beau sourire et ajouta qu'il avait un bateau à prendre, qu'il était très pressé et qu'il n'en aurait pas pour longtemps vu que le livre n'existait peut-être pas. Les lunettes s'agitèrent, rougirent encore un peu plus, et répondirent que tout le monde était pressé, que tout le monde avait un bateau à prendre et que, Monsieur, si votre livre n'existe pas, ce n'est pas la peine de venir, nous n'aurons pas. Romain alla s'asseoir sous le regard soulagé de dix personnes qui semblaient toutes être passées par là, vu la déconfiture de leur sourire trop poli. Le bâtiment était magnifique, l'accueil restait décevant.

Vingt minutes déjà. L'attente paraissait vertigineuse. Romain observait les allées et venues des lunettes. L'entrée de la bibliothèque semblait être juste derrière son guichet, un peu à gauche. Il fallait certainement prendre un escalier ensuite pour monter à l'étage. Sur la droite se trouvait un bureau dans lequel elle entrait de temps à autre et y restait parfois de longs moments, parfois juste quelques secondes.

Quarante-deux minutes. Trois personnes avaient été appelées. Il paraissait assez peu probable que tout le monde ait un bateau à prendre. Romain réalisa que la perspective des prisons irlandaises lui faisait bien moins peur que celle de partir sans savoir. Il esquissa un sourire. C'était la décision qu'il venait de prendre qui le faisait sourire. Elle était effectivement risible, un peu stupide, folle certainement, mais c'était la seule possible à présent. Il se sentait bien. Il jeta un rapide coup d'œil à ses lacets qui étaient bien serrés. Les lunettes se levaient et se dirigeaient vers le bureau.

Maintenant.

Romain se leva et saisit son sac. Ne prêtant aucune attention aux autres personnes, il se dirigea d'un pas rapide et sûr vers le guichet. D'un bond leste, il s'y assit, bascula ses jambes de l'autre côté du comptoir en pivotant sur ses fesses, et se laissa silencieusement retomber derrière. Encore deux larges enjambées et il s'effaçait déjà derrière la porte de la bibliothèque qu'il refermait sur lui. Moins de dix secondes. Personne n'avait bronché. Romain restait adossé à la porte, la main encore serrée sur la poignée. Il tendait l'oreille, voulait savoir s'il avait été vu, mais ne pouvait entendre que son cœur qui battait ses tempes à tout rompre.

Délicatement, il desserra les doigts de la poignée dorée. Il se rassura, reprit son souffle et gravit finalement l'escalier en colimaçon qui le mena jusqu'à la Long Room, tout en se demandant si Gillian avait dû faire tout ça aussi.

La lumière finissante de cette fin d'après-midi laissait la nef de l'Old Library dans une imprécise pénombre. Elle paraissait immense, s'étendant de tout son long autour de présentoirs riches d'ouvrages enluminés. Des milliers de livres, Dublin était un trésor. Tout ce cuir lui rappela la Marsh's Library et Gillian.

Romain ne flâna pas trop. Il était entré sans invitation et savait qu'il risquait de devoir se cacher d'un instant à l'autre. La candeur de sa démarche lui sauta alors au visage et lui noua la gorge : des milliers de livres dormaient ici, et vu la manière peu courtoise avec laquelle il s'était introduit dans cette salle, il serait à présent quelque peu malvenu de redescendre pour demander de l'aide, même très poliment. Il devrait se débrouiller seul.

Il s'aida des quelques dates qu'il pouvait lire sur le côté des rayonnages, ainsi que de l'alphabet peint sur le bois en lettres dorées. Son livre de 1889 n'était finalement pas si vieux que ça, ce qui lui permettait d'écarter facilement tous les rayonnages de vieux grimoires. Romain progressait. La peur l'avait peu à peu quitté. Il était là, bien vivant, un peu voleur et profondément irrespectueux. Il en éprouvait un mélange de honte et de fierté. Il vivait là une de ces aventures que l'on raconte à ses petits-enfants, au coin du feu, un sourire aux lèvres, après avoir bien pris soin de préciser qu'il ne fallait pas faire pareil, mais en espérant secrètement qu'un d'entre eux en aurait finalement envie. Romain pensait qu'il serait un bon grand-père... Il sortit finalement de ses songes, car en face de lui se trouvait le rayonnage de 1888 à 1893. Voilà, s'il existait, le *Spina Christi* de messieurs M. Bouton et J.F. Hill devrait être là.

A..., B..., Berkeley, Bird, Born...

Un œil exercé pouvait remarquer un léger interstice entre l'énorme *Wave Mechanics* de Born et le gros roman rouge *The Hotel* d'Elisabeth Bowen. Celui de Romain, trop fiévreux, passait et repassait sans voir. Enfin, dressé sur la pointe des pieds, le jeune homme glissa un index tremblant d'anxiété entre les deux imposants volumes. Le faisant descendre le plus délicatement qu'il put, il toucha un coin. Son cœur se mit à battre plus fort. Son front était déjà moite. Une crampe lui brûlait la plante du pied. Il appuya fermement son doigt sur le coin et le fit basculer pour le tirer à lui. La tranche du livre apparut à la lumière : *Bouton, Hill, Spina Christi*, et la porte de la Long Room s'ouvrit dans un bruit de paroles et de pas dans l'escalier. Romain reconnut la voix des lunettes. Rapidement, il recula pour ne plus être en pleine lumière, et se mit dos au rayon d'en face. À deux mètres de lui, fier comme un étendard jour de fête nationale, le coin de son livre pointait. Romain jubilait.

On avait fait vite. La salle retrouva son calme.

Le jeune homme saisit le livre, s'assit par terre, dans un coin qu'il jugea suffisamment à l'abri des regards, en se disant que son grand-père était vraiment un être extraordinaire.

Spina Christi avait une apparence bien modeste, décevante même. C'était un pauvre livre, un de ceux que l'on perd facilement. Sa couverture était d'un carton sale, le titre était imprimé de travers et sur les premières pages, l'encre avait bavé. Un petit livre, frêle, qui ânonne son érudition à demi-mot et en Anglais de surcroît. Sans l'effort de tendre l'oreille, il apparaît étrange, comme totalement muet. Mais lu avec attention, il est comme les carnets du grand-père : empli de secrets. *Spina Christi* avait été écrit pour Romain. Comme le résumé de sa quête. La Sainte Couronne à toutes les pages, à tous les âges, par tous les hommes. Pas d'ordre, pas de logique, encore moins de plan. Des dessins, du texte mal aligné, de l'amour et de l'art. Fra Angelico et sa *Descente de Croix*, Botticelli et son *Jésus transporté au Sépulcre*. Le livre ressuscitait la Sainte Couronne au plus haut de sa gloire et Romain en était transporté. Il vivait sa lecture, en oubliait la bibliothèque où il se trouvait. Il était ailleurs, à Perpignan où le Dévot Christ posait sur lui son mystérieux regard, à Pise en l'église Santa Maria della Spina et jusqu'à la cathédrale de Séville où il s'honorait de la noblesse du Crucifix de Juan Martinez Montanes. Puis l'ouvrage voulut rendre hommage à toutes les épines disparues en tentant de rassembler les fragiles preuves de leur existence. Parmi ces épines, une semblait avoir retenu l'attention des auteurs et accaparait celle de Romain : l'épine que saint Louis donna en 1239 à Guillaume de Mauny, propriétaire de l'abbaye de Mauny, peu après l'arrivée de la couronne en France. Aucune église ne semblait avoir été érigée en son honneur. L'histoire en avait perdu la trace. Cependant, les auteurs reproduisaient, dans son français originel, la lettre autographe qui en certifiait le don.

« Louis, par la grâce de Dieu, roi de France, au chapitre de Mauny, salut et affection.

Par la teneur des présentes, nous vous signifions que le jour même où nous avons reçu de Constantinople la Sainte Couronne d'épines, qui fut mise sur la tête vénérable de Notre Seigneur Jésus-Christ, au temps de sa Passion, nous avons détaché une épine de cette couronne et l'avons octroyée à notre cher et fidèle G., votre seigneur, comme un gage d'estime.

Fait à Mauny, au mois août, l'an du Seigneur 1239. »

Il apparut ensuite que Guillaume de Mauny légua son épine à sa fille Marie. Cette dernière épousa Hellin de Chevregny dont elle eut un fils, Baudoin, qui fonda la grande lignée des Chevregny de Bourgogne.

Romain ne comprit pas tout de suite. Puis il entendit la voix de son grand-père, qui ce jour d'avril 1954, lui montrait son épine pour la première et dernière fois. Alors il eut un doute. Infime, éphémère. Un entrebâillement de porte, une lueur, un phare dans la brume, juste un commencement, un peut-être. Il sortit le carnet de son grand-père et retrouva la page de l'arbre généalogique. Dans un coin, loin sur la droite, sur un bord jauni de la page, enchevêtré dans l'écriture de Pierre, le nom de Chevregny apparaissait.

Le cœur de Romain s'arrêta de battre, et les coups qui manquèrent allèrent frapper dans celui de son aïeul.

Nous sommes de la famille de Guillaume de Mauny et nous avons hérité de son épine.

Tout était clair à présent.

Romain ferma les yeux. Le livre était tombé au sol et le jeune homme laissa son crâne se reposer sur ses genoux repliés. Il se sentait transi, un peu éteint. La vérité avait été un peu trop forte. Il l'avait souvent espérée, mais ne s'y était jamais préparé. Il voulait respirer calmement. Du bout des doigts, il se caressait les cheveux. En retombant, ses paupières avaient repoussé sur ses joues écarlates quelques larmes qui roulaient encore. Elles roulaient, car celui à qui Romain voulait parler n'était plus de ce monde. Il aurait tant aimé lui dire merci. Et d'une main aveugle, Romain vérifia que le petit cube de bois précieux qui contenait l'épine que saint Louis avait donnée à Guillaume de Mauny en 1239 était bien toujours dans son sac de sport rouge et déchiré.

Il n'était plus question à présent de prendre le bateau. Il fallait sortir d'ici et retrouver Gillian. Romain attendit que les lunettes et un autre amoureux de littérature entrassent dans la Long Room pour se glisser derrière eux.

J'ai toujours su que j'avais raison d'y croire. Je suis tellement heureux...

11

L'air frais de l'extérieur auquel les brasseries de la ville mêlaient cette étrange odeur de bière apaisa Romain. Les émotions avaient allongé ses traits. Il se sentait fatigué. Riche, mais fatigué.

Fallait-il révéler sa découverte à tous ? Romain s'imagina célèbre quelques secondes. Puis il repensa à son grand-père, à Belle-Île-en-Mer et ses ajoncs dorés, à cette brise marine au goût d'aventure, à Hélène. Il préféra sourire de son idée et pressa le pas.

Gillian fut fort contente de revoir son jeune Français. Étonnée aussi qu'il ne fût pas parti. Heureuse surtout. Romain avait pensé lui crier la grande nouvelle dès qu'elle lui aurait ouvert la porte. Mais il avait finalement su rester calme. Il avait juste sonné et reculé d'un pas. Il était entré lentement en souriant largement. L'Irlandaise fut même surprise : le visage de Romain illuminait tout le palier.

Gillian le fit asseoir et lui proposa à boire. Elle n'avait que de l'eau. L'appartement était modeste. Plus une tanière, un endroit où l'on pense avant d'y vivre, un repaire. Une riche personnalité y avait construit au fil des années un monde fait de vieux objets. Un parfum de grenier. On y trouvait une belle mappemonde ocre, beaucoup de livres, quelques faibles plantes dans la pénombre, des tapis rouges et terre de sienne qui se croisaient sur le sol et de vieilles photos où Romain chercha sans succès l'homme qu'elle avait dû aimer. Des peintures aux murs aussi, beaucoup de peintures et plus de murs du tout. Il n'y avait pas de murs chez Gillian. Que des livres et des toiles qui fonctionnaient comme des ouvertures sur le savoir. Qu'y a-t-il de mieux qu'un pan de bibliothèque pour abattre une cloison ? Ou qu'une peinture pour repousser l'horizon ? Ici, le regard n'était jamais arrêté. Où qu'il aille, il se perdait aux confins d'un paysage de campagne, d'un poème de Yeats ou d'un roman de lady Gregory.

Gillian posa sur la table deux verres d'eau en souriant. Romain se réjouissait. Il était en possession d'un secret qu'il allait bientôt partager. Il espérait, il était même sûr qu'il déclencherait chez celle qui devenait son amie le même enthousiasme qu'il avait ressenti. Il commençait à apprécier Gillian sincèrement, même à la connaître un peu. Vu l'atmosphère de l'appartement, il jouerait le mystère. Elle s'installa dans un fauteuil de l'autre côté de la table, but une gorgée, et de sa voix posée et délicieusement articulée, enrichit le silence sans le rompre :

— Alors ?

Alors voilà.

Voilà mon grand-père, voilà sa vie, la naissance de

ma mère, et la pendule sonne les onze heures depuis le dessus marbré de la cheminée derrière toi. Puis c'est à mon tour de naître, voici Locmaria et Belle-Île-en-Mer, le Christ de bois et cette soirée fiévreuse où je ne compris rien. Non, ne souris pas, laisse-moi continuer cette folle histoire d'épine, comme tu dis. Il y a Hélène, si douce, les recherches à Paris et l'incrédulité de ma mère. Il y a beaucoup de livres, vieux comme tu les aimes, beaucoup d'heures passées à fouiller leurs entrailles. Oui, tu as raison, on peut dire que ma vie change... Je t'ai dit que mon grand-père avait vécu un peu partout en Europe, n'est-ce pas ? Eh bien, voici un beau récit de son voyage en Irlande. Oui, dans ton pays, dans ta ville, et j'entends deux coups qui sonnent dans la nuit dehors. Non, je ne l'ai pas laissée en France, cette épine ! Je sais, tu veux la voir. Mais écoute-moi d'abord. Pas de curiosité, juste de l'amour, d'accord ? Trois heures du matin et voilà un rameau d'arbre généalogique dans le carnet de Pierre, mon grand-père, et je suis un descendant de Hellin de Chevregny. Il y a le titre d'un livre aussi et, quatre heures moins dix, voilà le livre. Tu le reconnais, c'est *Spina Christi*, tu l'as tellement cherché à la March's Library ! Cinq heures et quart et je tombe de sommeil, mais je tourne les pages de ce livre fragile. Je retrouve enfin ce nom de Chevregny et tu te lèves. C'est merveilleux, dis-tu ? Oui, c'est merveilleux, je sais. À peine croyable, même. Tu ris, tu tournes autour de ton fauteuil. Je ris aussi et je te dis que tu me fatigues à t'agiter comme ça, et je ris plus fort que toi quand tu dis que ça n'est pas bien du tout, ça, d'avoir volé le livre à l'Old Library ! Comme je suis épuisé et heureux de partager ce secret si étouffant avec toi. Approche-toi, assieds-toi là, tout près de moi. Je vais te montrer mon trésor, mon épine de Jésus. Tends tes mains et ne pleure pas. Voilà, fais donc coulisser la face de ce petit cube de bois sage. Là... Voilà, approche une lampe. Fais attention quand même. Ça y est, tu la vois ? Tu peux la toucher si tu veux.

Mon Dieu.

Toi, tu ne dormiras pas, je le sais. Tu vas te faire dévorer comme moi, ronger par ce mystère, cette palpable vérité. On ne traverse pas vingt siècles d'un seul coup, dès le premier essai, dans un unique regard. Il faut lutter un peu, essayer encore. Deux mille ans, c'est déjà un autre monde, une autre sphère, presque un rêve. Je suis heureux de partager tout ceci avec toi. Je suis épuisé.

Gillian arrangea au pied de la bibliothèque un petit coin de matelas et de couvertures où Romain se laissa gagner par un profond sommeil. Le soleil était presque levé et l'Irlandaise aux cheveux gris tira un rideau de velours sur la fenêtre. Silencieusement, elle se rendit dans sa chambre. Romain dormait déjà.

En passant devant la table, elle emporta avec elle *Spina Christi*, le petit livre mystérieux.

12

Trois heures et quart. Non… Si. C'était bien ce que Romain lisait sur la pendule de la cheminée. Il s'étira longuement. Il se sentait reposé, libéré. Il devait faire bien beau dehors, l'épais rideau suffisait à peine à empêcher la lumière de pénétrer.

Hier avait été une grande journée pour sa petite vie. Il avait été au bout de son idée, il avait achevé sa quête, il rapportait un succès. Il pensait à la France et à toutes ces choses qu'il voudrait y faire dès son retour : rendre un tendre hommage à son grand-père, expliquer à sa mère cette période de l'histoire de sa famille qu'elle avait toujours voulu ignorer. Aller à Borderhouat aussi, avec Hélène, et au petit matin, mettre son gros gilet et pousser jusqu'à la pointe de Kerzo pour y retrouver l'océan de son grand-père.

La porte de la chambre s'entrebâilla sans bruits ni heurts, laissant juste apparaître le visage de Gillian. Romain se redressa en s'étirant pour lui montrer qu'elle ne le réveillait pas. Elle s'approcha alors.

— Tu n'as pas dormi ? s'étonna Romain en remarquant ses yeux fatigués.

— Non, ou très peu… Je me suis permis d'emprunter ton livre pour en savoir un peu plus. Tu veux manger ?

— D'accord, mais tu m'accompagnes !

Bien que ce fût presque l'heure du thé, on fit tout de même frire quelques bouts de bacon que le jeune homme accueillit dans son assiette avec un large sourire.

En face de lui, Gillian ne grignotait qu'un toast du bout des lèvres. Quelque chose traînait dans l'air. Le soleil ne semblait plus aussi généreux que quelques minutes plus tôt, et pourtant il ne semblait pas y avoir de nuages. On ne savait trop ce que c'était. Ça avait l'air sérieux, imprévu. Un peu gris même. Ça tirait sur le regard de Gillian, pesait sur ses joues fatiguées. Ça l'empêchait de rire fort comme hier. Romain n'avait rien vu encore, rien senti venir et mangeait avec appétit. Mais ce ne saurait plus être long, à présent. Oui, voilà, l'ombre se rapprochait de lui. Il releva la tête de son bacon, le silence l'inquiétait.

Nous y sommes.

— Quelque chose te tracasse, Gillian ?

Il avait fait le premier pas. Elle en fut soulagée.

— J'ai... Comment te dire...

Elle s'arrêta. Elle aurait aimé qu'il devine encore. La pendule freinait et rendait les secondes plus laborieuses encore. L'Irlandaise parla enfin.

— Je crois que moi aussi, j'ai une histoire à te raconter.

Romain repoussa sa tasse et son assiette vers le milieu de la table pour pouvoir y reposer ses coudes.

— Je t'écoute, dit-il alors.

— Non, pas maintenant. Prends le temps de finir

ton repas et habille-toi. Je vais t'emmener quelque part.

Quelle phrase merveilleuse ! Rien de mieux qu'un « je vais t'emmener quelque part » pour empêcher un jeune homme anxieux de finir son déjeuner. Rien de mieux pour tout arrêter, tout suspendre, tout effacer. Plus d'idées, plus d'envies, plus qu'une soif, celle de savoir. Il tenta bien d'en découvrir un peu plus, mais il n'obtint rien, si ce n'est qu'elle se trompait peut-être.

Un goût de mystère, ce bacon.

13

« U n pub ? Tu m'emmènes dans un pub ? »
Romain s'était arrêté net, les poings sur
les hanches, devant la porte du Davy Byrne's de Duke
Street. Gillian lui passa devant, un sourire niché au
creux de son regard bleu. En lui tenant la porte, elle
précisa :

— Oui, jeune homme, un pub. Mais pas n'importe
lequel !

Dans un haussement d'épaules, il lui emboîta le pas.
Tout ce mystère aiguisait son impatience et n'était pas
pour lui déplaire. N'était-ce pas ce même goût
d'aventure qui l'avait conduit dans cette ville ? Il était
trop tôt encore, l'endroit était désert. Gillian continuait
son explication :

— Le Davy Byrne's est un pub littéraire. Tu
connais James Joyce ?

Romain esquissa une moue qui trahissait à la fois
son ignorance et une légère honte.

— Tu me feras penser à te faire lire *Ulysse*, reprit
Gillian. Joyce est un écrivain irlandais du début du
siècle. Il est souvent venu ici.

Tout en parlant, Gillian avait traversé le pub,
emprunté un petit escalier qui descendait, et rejoint
une salle où trônait un vieux billard. Au fond, un peu

sur la gauche, elle s'arrêta devant une banquette en coin. Au-dessus, pendue à son clou sur son mur de vieilles pierres, parmi beaucoup d'autres, une photographie argentée. Gillian décrocha le cadre qu'elle tourna vers la lumière. On y reconnaissait la même banquette. La photographie avait été prise ici même. Assis, souriant aussi, un homme, la soixantaine ventripotente, une barbe rassurante, une canne sur ses genoux.

— Colm O'Grady, historien, écrivain. Philosophe parfois. Il te dit quelque chose ?

— Non, lâcha simplement Romain.

— Moi je le connais, ajouta Gillian. Pas personnellement, bien sûr, mais j'ai lu certains de ses ouvrages. Et surtout, je connais cette phrase.

Tout en parlant, Gillian pointait du doigt une phrase en gaélique notée à la main sous la photographie.

« Níl morán firrinne ann ; níl ann, ach na firinní, a bhfuilimid ag carreadh chreideamh »

Elle avait été écrite sans grande application, juste sous la photo, ondulant comme une gourmette d'argent sur une table de chevet. On avait dû faire remonter l'écriture sur la droite du cadre, par manque de place.

— Elle signifie : « Il y a bien peu de vérités ; il n'y a que celles auxquelles on veut bien croire » ou quelque chose comme ça. Compare avec ce qui est imprimé là.

Gillian avait sorti de son sac le livre de Romain, *Spina Christi*. Sur la deuxième page, en épigraphe, la même phrase aux allures de proverbe.

— Je ne comprends pas, dit simplement Romain, conscient que quelque chose de sérieux et accablant lui échappait.

— Ça va venir… Ça va venir, lui murmura gentiment Gillian en lui prenant la main.

— Un des auteurs, Bouton ou Hill, aurait utilisé cette citation d'O'Grady pour leur livre, tenta Romain. Je ne vois pas de problème avec ça…

Gillian ne disait mot. Elle souriait presque. Elle voulait l'encourager à continuer sa phrase, à dérouler son raisonnement. La vérité que Gillian avait découverte lui paraissait être trop sévère à révéler. Elle ne s'en sentait pas capable. Elle ne savait pas décevoir. C'était à Romain qu'incombait maintenant la lourde tâche de parcourir le reste du chemin, même si cela devait lui prendre un peu plus de temps. Elle se leva, ramassa le livre pour le remettre dans son sac et prit son manteau. Romain en fit de même. En sortant du pub, elle fit un signe au patron qui la salua en levant le verre qu'il était en train d'essuyer. Ils sortirent dans la rue.

Le soir semblait tomber sur Dublin un peu plus vite que d'habitude. En sortant du Davy Byrne's, Romain remonta son col et Gillian boutonna son manteau. Ils marchaient côte à côte. Leurs pas étaient lents et réguliers, leurs regards étaient bas. Ils marchaient lentement comme on prend part à un cortège, à un enterrement, le visage fermé. Gillian restait muette.

Sombre, secrète et muette. Romain respectait son silence, sans le comprendre vraiment. Finalement, dans l'embrasure d'une vaste porte, elle s'arrêta. Elle saisit ses petits gants de vieux cuir patiné tout en respirant profondément. Avec une attention qui parut démesurée à Romain, elle entreprit de les enfiler. Quelques pas au-devant, il attendait. Il comprit alors clairement que depuis cet après-midi, son temps à lui avait quelques tragiques minutes de retard sur son temps à elle. Il suivait, il traînait, il espérait, d'elle, des autres, mais ne parvenait plus à espérer de lui. Elle allait enfin divulguer cet important secret qui, paradoxalement, tiendrait sans doute dans une phrase bien courte. Ça ne devrait plus tarder, à présent. Ça ne pouvait plus tarder. Elle avait fini, il osa un début de sourire. Elle le considéra brièvement, mais ne dit mot et reprit sa marche funèbre.

Le vent se levait. Romain se dit que c'était lui le mort, que ce cortège était le sien. Le soleil disparaissait lentement derrière les terres. Romain aussi s'éteignait. Gillian n'était plus là. Son regard traînait sur les murs, roulait sur le trottoir au-devant de ses pas et semblait étrangement absent face à celui, si interrogateur, de Romain. N'en pouvant plus, elle s'arrêta soudainement, se tourna vers lui, et ajouta froidement :

— Romain, écoute-moi. Tu as tout pour comprendre. C'est à toi de savoir en quoi tu veux croire.

Romain écoutait. Il écoutait de tout son être, mais

n'entendait rien. Ou presque rien. Juste une bribe de conseil, flou, vague, presque biblique. Une métaphore ou quelque chose comme ça. Une de ces allusions fumeuses qui allait encore le laisser interdit, silencieux, perdu. Romain chutait. Il glissait vers un horizon plus noir que celui qui coiffait la mer. Elle ajouta :

— Moi, je crois en toi.

Puis elle se tut.

Romain sentait l'eau limoneuse de la Liffey emplir ses poumons.

Elle s'en alla alors, et le temps de Romain s'arrêta comme une locomotive quelques mètres après la fin des rails.

Seul. Romain marchait seul. Romain pensait seul. Il ne comprenait plus. Ne s'était-il pas livré comme à une amie, hier ? N'avait-il pas partagé tous ses secrets sans la moindre condition ? Il avait de la peine. De la peine pour lui, de la peine à croire à tant d'ingratitude de la part de Gillian. Mais la peine, ça ne compte pas. Tout le monde s'en fout. Ça ne produit rien, la peine, ça n'apporte rien à ceux qui la remarquent, alors mieux vaut la cacher. Une peine, ça s'emmaillote dans un repli du cœur, ça se cache juste derrière la porte, ça se roule comme un mouchoir dans une poche de pardessus humide. Mais Romain en était submergé, noyé, saoulé. Alors tous les barrages lâchèrent.

« Tu as tout pour comprendre. »

J'ai quoi ? Un livre mal imprimé ? Une épine rabougrie ? Un vieux dicton en gaélique ? Et vous tous, toi, mon grand-père et ce bon gros Monsieur O'Grady, vous me toisez du haut de votre génération d'érudits et vous me dites avec un sourire agaçant, vas-y jeune homme, amuse-toi, tu as tout pour comprendre, ça va venir !

Je suis désolé, mais si j'avais été intelligent, ça fait longtemps qu'on me l'aurait dit. Oui Gillian, j'ai de la peine, mais surtout, de la peine à comprendre. Je suis étranger aux choses, les raisonnements m'ignorent et les conclusions me fuient. Toi, tu as déjà tout saisi alors que moi, je me traîne encore comme dans une nuit sans lune. C'est pour ça que j'en suis là dans ma vie. Nulle part. Je ne sais pas, je n'ai jamais su, et je ne saurai probablement jamais. Alors, laissez-moi en paix maintenant.

Romain avait marché sans but. La Liffey était venue à lui comme une amie, noire comme le fond de ses pensées. Insondable. Les fleuves sont faits de tout et de rien, de ce qu'ils trouvent en passant, de ce qu'ils ramassent en traversant les villes, de ce dont elles ne veulent plus.

C'était venu tout seul. Comme une évidence, claire comme le visage blanc de son grand-père mort sur le sol carrelé de la petite maison de Borderhouat. Ça venait du fond de lui, comme une douce houle mouvante depuis les abîmes qui enfin révélerait sa vraie nature. C'était une issue naturelle, une fin bienvenue qui ne semblait plus être liée à son histoire d'épine. Non. Juste au vide de sa vie. Alors Romain se sentit devenir spectateur de lui-même. Un détachement tout à la fois inéluctable et incertain, terrifiant et fascinant tant le jeune homme devenait impuissant face à ce qui devait se passer.

Cela vint tout d'abord de ses pieds. Il les sentit se tendre avec détermination et facilité pour le grandir. La paume de ses mains se trouvait déjà à hauteur du parapet. Il n'avait pas peur, il se sentait aérien, presque capable d'un envol. Ses épaules se raidirent, prirent lentement appui sur ses mains et le levèrent un peu plus haut vers son destin. Son échine s'inclina très peu, juste assez pour que dans le bruit feutré et martelé du pigeon qui s'envole, ses pieds s'arrachent du sol et son corps bascule sur l'avant.

Le choc fut bien plus violent que ce qu'il avait pu imaginer. L'eau noire le pétrifia dans l'instant. Un coup de froid étourdissant sur sa nuque et tout son corps. L'air lui manqua très vite. Romain sombrait et les lumières de la ville se distinguaient à peine. Le courant le garda entre deux eaux pendant de longues secondes. Le fleuve voulait jouer avec lui, le chahuter un peu, juste pour lui donner une bonne leçon, pour être sûr qu'il réalise que ces choses-là, c'est du sérieux. Mais Romain s'anima finalement à nouveau. L'eau s'extirpa violemment de ses poumons dans un vomissement salvateur et sa tête émergea enfin. Il vivait. Le fleuve était puissant encore. Son bras tapa durement un objet lourd et la douleur fut vive malgré l'eau glacée. Il parvint à se rapprocher de la rive et s'agrippa à la chaîne moisie de l'ancre d'une péniche. Ses doigts meurtris, recroquevillés comme les pattes d'un crabe mort, souffraient pour le retenir contre le courant. Il n'avait pas voulu mourir, il avait juste voulu oublier sa peine. Il criait et pleurait de honte. Honte de son geste, honte aussi d'avoir oublié Hélène.

On l'aida. Il ne se souviendrait pas de ces visages bienveillants.

Il fut ramené chez Gillian. Elle eut très peur quand elle le vit. Il ne tenait plus sur ses jambes. Elle le déshabilla et le mit sous l'eau chaude. Elle était effondrée. L'urgence du présent l'avait ramenée sans ménagement de ses pensées lointaines. Elle se sentait coupable. Elle le connaissait si peu. Il était si fragile, finalement, un peu fou même. Il faut être fou pour sauter d'un pont dans la Liffey. Il avait eu de la chance de s'en sortir. Elle voulait lui parler, mais, du regard, il lui intima l'ordre de se taire. Gillian frissonna. Romain était devenu ténébreux et froid. Un homme en colère. Il n'était plus ce jeune homme hésitant qu'elle avait oublié à Dublin quelques heures plus tôt. Le courage, ou l'inconséquence de son acte l'avait vieilli. Ses traits étaient noirs, marqués au charbon, comme s'il devait jouer son propre rôle dans un drame au théâtre. Il était brûlé, marqué au fer. Au fer de la vie, le plus chaud. Gillian comprit alors qu'elle avait à son tour quelques tragiques petites minutes de retard.

La nuit couvrait la ville à présent. Romain s'était réchauffé et, sans dire un mot, s'habilla péniblement d'un gros pull de laine. Il voulait sortir. Il avait un mystère à élucider, et c'était maintenant. Gillian tenta de le raisonner, mais il ne répondit même pas. Il glissa dans la poche de son manteau le cube de bois noir et son petit livre. Il sortit de l'appartement d'un pas faussement volontaire, mais inévitablement fébrile.

14

La douleur tourbillonnait. Parfois, oublieuse, elle feignait de s'éloigner, de s'élancer au-devant comme pour rejoindre une autre proie plus fragile alors. Mais immédiatement, elle réapparaissait, plus cinglante encore, et résonnait sur l'arrière de son crâne comme un cri sur l'autre versant de la vallée. Romain, les mains dans les poches, caressait du bout des doigts le petit cube de bois terne qui protégeait son épine. Il se sentait tomber. Il se sentait tomber malade. Il s'arrêtait par moments pour reprendre son souffle. Chaque souffle est précieux, pensait-il.

On était vendredi. Le vendredi n'est jamais un jour comme les autres à Dublin. Les pubs s'emplissent, les rues se vident. Chaque semaine, ce jour-là, le cœur de la ville tournoie autour d'une bière. Elle est souvent animée et bousculée.

Il y avait du bruit, une forte odeur de tabac et une chaleur pressante. Romain avait poussé la porte du Davy Byrne's comme il l'avait fait auparavant dans l'après-midi, mais il était seul à présent. Il se fraya un chemin jusqu'au bar où on lui servit une pinte de Guinness. Il se dirigea ensuite vers le petit escalier qui rejoignait le billard, la banquette de velours rouge et la photographie démodée de Colm O'Grady. Du mystérieux, impénétrable et replet monsieur Colm O'Grady.

Un peu à part, il put s'asseoir et se reposer un peu. La bière semblait lui faire du bien. La bière est une amie. D'un regard, il parcourut la salle. Des tables basses et des halos de lumière dorée. Une lumière plombée qui réchauffait le corps en commençant par l'intérieur. À moins que ce ne soit l'alcool, ou cette fumée âcre et ocre qui baignait les rires. Les discussions tournoyaient, s'affolaient, s'envolaient. Elles étaient souvent futiles, parfois politiques. On ne pouvait jamais les prédire. Elles semblaient arriver à demi-mot, nées de riens, de bouts d'invisibles, de quelques souffles d'air égarés, mais finissaient par se poser au milieu des tables et des cœurs, discrètes mais immuables. C'était ainsi, Dublin, le vendredi. Chaud, suave, profond. Un goût de miel ou quelque chose comme ça.

La bière est une amie fourbe. Au début, elle sait se faire douce et rassurante, mais cela ne dure qu'un temps. Sa vraie nature ne se révèle que lorsqu'elle a fait son chemin. Un vrai cheval de Troie. Dans la place, elle devient hautaine et cassante. Romain sentait un froid vif lui parcourir l'échine de bas en haut. Il ramenait sur lui les deux pans de sa veste en rentrant le torse et les épaules. Ses tempes étaient chaudes et il transpirait faiblement. Il ferma les yeux. Il ne voulait plus bouger. Son bras le faisait souffrir et sa tête le perdait. Son attention devenait diffuse, vague, incertaine. Il ne comprenait plus. Un feu de tourbe semblait brûler sans hâte dans la cheminée. Le poêle n'y était plus et, à sa place, un vieil homme s'agitait en jouant du fiddle. Autour de lui, on battait du pied le rythme endiablé que donnait le vieux violon verni. Tout ceci semblait d'un autre âge. Romain remontait le temps à la vitesse d'un nuage d'orage. Il ne comprenait pas. Il tourna la tête vers la banquette rouge.

Bedonnant, une canne sur les genoux, un monsieur dissertait avec quelques amis. Au-dessus, les photos manquaient, les clous aussi. Romain était avec eux, un légendaire vendredi soir du mois de septembre 1912.

Laisse-toi glisser, Romain. Le voyage est risqué, mais il est bien tentant. Laisse-toi guider par ceux qui veulent t'aider, par ceux qui veulent te montrer que tu as tout pour comprendre. Laisse-toi aller. Tout ceci n'est qu'un rêve, une illusion, mais tu peux très bien choisir de jouer le jeu. Laisse-toi manipuler par ton imagination, ta sensibilité que peu ont et ton intuition dont tu ne soupçonnes pas la justesse. Laisse-toi prendre par cette fièvre et cette bière. Oui, Romain, tu cèdes, tu crois ce que tu vois et tu ne vois que ce que tu veux bien croire. C'est ta façon à toi de saisir les choses. Laisse-toi mourir un peu. C'est terrifiant, mais tu vas comprendre. Suis ton instinct, même si ton esprit se brouille.

Tu vois cet homme sur sa banquette ventripotente et sa canne de velours rouge. Il t'ignore, mais il parle vivement avec un jeune homme aux cheveux courts en face de lui. C'est Pierre, Pierre de Rochecourt, ton grand-père. Tu en es sûr à présent, c'était écrit dans ses carnets. Il était venu à Dublin. Il a ton âge. C'est à peine croyable, mais tout ceci est d'une autre époque. Tu aimerais lui parler, mais la scène que tu vois semble projetée sur une toile si fine qu'elle serait déchirée par le simple souffle de ta parole. Alors tu observes, et tu vois O'Grady donner un petit livre à ton grand-père. Des petits livres comme celui-ci, aussi petits, aussi pauvres, il n'y en a pas deux sur Terre. Il s'intitule *Spina Christi*, tu le sais.

Mais ce n'est pas ce livre qui t'attriste le plus, c'est cette étincelle de clair de lune qui luit derrière les lunettes fragiles de Monsieur Colm O'Grady. Lève les yeux, grand-père ! Regarde le visage déformé par la malice de ton ami Colm. Ce livre, c'est Colm O'Grady lui-même qui l'a écrit pour se moquer de toi, de cette épine dont tu te vantes à tous vents et dont tu veux prouver l'authenticité par les livres. Colm, lui, veut te dire une chose : ne crois pas tout ce que tu lis. Sois plus critique. Choisis en qui et en quoi tu veux croire. Regarde-le, bon sang ! Il rit presque. Ça t'évitera de jouer avec ma vie dans quelques dizaines d'années !

Je suis bien naïf... Il fallait sans doute que ce fût ainsi. Romain avait laissé sa tête basculer sur son menton et s'endormit dans la fièvre, sous l'attention bienveillante et amusée de ses voisins de boisson.

Quelques heures plus tard, lorsque Romain ouvrit les yeux, il se sentait faible, mais moins malade.

L'escalier du bout de la salle laissait descendre une vive clarté. Le pub était désert, on l'avait laissé dormir. Il se redressa lentement. Sa nuque était douloureuse, son bras l'était un peu moins. Il s'octroya encore quelques minutes assis, n'étant pas tout à fait sûr de bien tenir sur ses jambes. Apparemment, on avait déjà fait le ménage, le billard avait été épousseté, le poêle donnait encore un peu de chaleur, et, sans que ce fût une surprise pour Romain, la photo de Colm O'Grady avait bien retrouvé sa place sur son mur. Il se leva doucement pour rejoindre l'escalier.

Gillian l'attendait à une table. Elle noyait ses pensées dans un petit verre d'eau qu'elle faisait danser de la main. Il s'approcha et prit place en face d'elle. Il souriait, elle en fut rassurée. Quelques instants plus tard, il posait sa main sur la sienne, allongée au milieu de la table comme une invitation.

— Ça va ? osa-t-elle.

— Je suis fatigué, avoua-t-il, prenant largement son crâne dans la paume de sa main comme pour en estimer la fièvre, le coude sur la table.

Gillian le regardait tendrement.

— Je suis très fatigué, mais ça va mieux, reprit-il calmement, ce qui voulait dire « je ne t'en veux pas ».

Et Gillian le comprit ainsi. Ils se levèrent. Romain salua le patron qui avait ménagé son sommeil et qui essuyait des verres, encore et toujours.

La journée se termina paisiblement chez Gillian, au milieu des livres, des tableaux, de la mappemonde et des tapis couleur de terre. Romain se reposait dans le fauteuil. Gillian lui parlait de temps en temps. Ils étaient heureux et ils le restèrent presque deux semaines encore. Deux semaines de calme, de rires, de lectures et de discussions jusqu'au bout de la nuit. Deux semaines de visites au cœur de la ville, de cafés en fin de matinée et de promenades au hasard. Deux semaines pour apprendre à vivre simplement et oublier un peu la déception d'avoir été dupé par ce fichu livre et son auteur malicieux.

Finalement, un mercredi, Romain remercia Gillian pour son hospitalité. Leur cœur était gros. Il la remercia chaleureusement. Elle répondit que c'était un plaisir que de recevoir un jeune homme comme lui. Il lui dit qu'il n'était pas différent des autres. Elle lui rétorqua que si, il avait le rêve en plus, et ils se serrèrent l'un contre l'autre, longuement.

Dans son train pour Cork, où il allait prendre le bateau, Romain souriait au visage d'Hélène qu'il était impatient de retrouver et croyait deviner caché dans les feuillages des arbres de la campagne irlandaise.

15

Le malaise avait commencé peu avant l'arrivée du train à Paris. C'était un nœud, une petite boule gelée nichée au creux de sa poitrine, sous ses côtes, loin à l'intérieur. Au début, Romain n'y prêta pas attention, mais la sensation croissait irrémédiablement et devint réellement désagréable. Il crut tout d'abord à un courant d'air qui pénétrait la cabine et vérifia que portes et fenêtres étaient bien fermées. Mais ce froid venait de l'intérieur. C'était une peur. Une peur lente, mais déterminée. Romain voulait l'ignorer et fixa son attention sur la banlieue nord de Paris qui défilait à vive allure devant sa fenêtre. Les immeubles qui bordaient la voie ferrée étaient tristes et gris. Certains avaient été repeints récemment de vert et de bleu, de mauve parfois, mais ils restaient tristes et gris. Leur grisaille venait de leur matière même : la mélancolie. Certains semblaient abandonnés, d'autres étaient habités, certainement par des gens qui n'iraient jamais en Irlande à la recherche d'un faux livre pendant trois semaines. Et le froid dans sa poitrine se fit plus mordant.

Romain traversait la gare d'un pas nerveux. Il voulait se réchauffer. Il voulait oublier cette inquiétante gêne, cette tension insistante qui lui prenait le ventre. Il fonçait droit devant lui. Malgré le monde et l'agitation de la gare, il se sentait seul, déjà.

Romain, ne sois pas naïf. Arrête-toi. Ce serait bien trop facile. Tu ne feras pas disparaître cette angoisse en la fuyant ainsi. Si elle est apparue, elle a sans doute une bonne raison. Elle veut peut-être te prévenir. Te préparer un peu. Écoute-la. Oui, laisse-la venir, se répandre en toi. Tu vas comprendre. Ne cours plus, Romain. Arrête-toi, pose ton sac, ralentis. Voilà, tu lèves le visage. Tu te redresses un peu. Ça devient plus clair. Plus vif, plus poignant, plus net. Ce n'est pas un nœud que tu as dans la poitrine, c'est un vide. Le vaste et inattendu vide laissé par Hélène.

Car Hélène n'était plus là. C'était sûr, à présent, inévitable, écrit sur le trottoir souillé juste en bas de votre immeuble. Elle n'était pas simplement sortie, elle était partie. Ses affaires manquaient dans l'armoire. Le réfrigérateur était vide et débranché, la prise traînant au sol. Romain tira une chaise de la cuisine et s'assit sans bruit. Il était fatigué, ses jambes faiblissaient et le sol lui paraissait vertigineusement loin. Il voulait y croire encore. Elle aurait laissé un mot. Elle aurait donné des nouvelles. On ne part pas comme ça…

Ce fut en se levant qu'il croisa le regard du miroir, un regard direct et tendu, calme et cinglant comme la vérité. Tu n'as pas donné de nouvelles, Romain. Toi aussi, tu as disparu. On ne part pas comme ça, Romain. Le jeune homme vacilla quelques secondes, et agrippa le dossier de la chaise. Il laissa sa tête s'incliner doucement. Ses yeux s'embrumaient. Il en voulait au miroir et à ce gamin hirsute, hagard et égoïste qui s'était caché derrière. Il se dirigea vers l'entrée, attrapa le sac qu'il y avait déposé quelques minutes plus tôt, et sortit en fermant la porte derrière lui.

Sept années de malheur traînaient sur le sol carrelé du couloir.

Jeanne fut très heureuse de voir par la fenêtre son fils pousser la petite porte à l'entrée du jardin. Elle s'essuya les mains et dénoua son tablier, qu'elle posa sur le bord de la table où les haricots à trier patienteraient bien encore un peu. Elle alla l'accueillir dehors, sous le porche. Il marchait calmement, il traînait son gros sac et paraissait fatigué. Elle l'observait s'approcher. Ses cheveux étaient plus longs. Il gravit les quelques marches de l'entrée, et se laissa doucement prendre par les bras qu'elle lui tendait. Elle les ouvrait comme elle l'avait fait lorsqu'il était enfant, assis dans son lit à barreaux, le visage en peine. C'était le même geste, intact malgré les années, un éternel refuge et il s'y jetait comme une vague sur la plage. Ils se serrèrent fort. Elle savait pour Hélène. Elle s'attendait à ses larmes et s'y était préparée, elles ne devraient plus tarder à présent. L'étreinte se prolongeait, il ne parlait pas. Elle restait silencieuse aussi et regardait au-dessus de l'épaule de son fils le vent jouer dans les branches du saule du jardin. Elle souriait sans vraiment que cela puisse se voir sur ses lèvres. Enfin, elle sentit le poing de son enfant se serrer dans son dos. Le souffle de Romain s'accéléra faiblement et une douce chaleur noya le creux du cou de Jeanne. Une vague mourait sur une plage amie et tous deux s'en trouvèrent grandis et libérés.

La journée était lente et douce. Le sofa était doux. Le repas était doux. Il ne se passait pas grand-chose. Sa mère l'entretenait peu, mais il en avait toujours été ainsi. Romain contemplait le jardin par la fenêtre. Il trouvait quelque chose de familier dans ce désordre d'herbes folles, de vieilles roses et d'aubépines. Il connaissait ce jardin, cette maison, et tous ces objets au plastique jauni, mais qui fonctionnaient toujours et qu'on ne remplacerait donc pas. Ici, tout était un peu vieux, un peu petit, mais c'était chez lui.

— Tu peux rester ici, si tu veux.

C'était venu de la cuisine. C'était venu de derrière. C'était venu d'un cœur de maman qui disait : « Reste ! Reste ! Je t'en prie, reste avec moi, mon fils ! J'ai besoin de te serrer un peu contre moi, de t'aimer un peu, de te frotter à mon égoïsme de mère. » C'était parvenu à un jeune homme, près de la fenêtre, le regard perdu au milieu des hautes herbes et des rosiers du jardin où il avait tant joué. C'était arrivé directement dans le cœur d'un enfant, qui, à sa grande surprise, commençait à comprendre le langage de sa mère.

— Tu pourrais reprendre ta chambre, tu sais.

Elle était venue près de lui. Elle avait un torchon à la main, elle en avait toujours eu un, toute sa vie. Il lui prit les mains et lui dit qu'il était content de rester avec elle. Elle avait les mains glacées, il les serra un peu plus fort pour les réchauffer. Elle le dévisageait. Il avait changé. Elle en était heureuse, même si les changements l'inquiétaient toujours un peu. On peut voir une craquelure dans le sol, mais on ne connaît jamais vraiment la profondeur du gouffre. Mais il avait changé, c'était toujours ça.

— Déjà sept heures ? s'exclama Jeanne en remarquant la pendule derrière son fils. Et mes haricots dans tout ça ? ajouta-t-elle, feignant l'indignation.

Ils se retrouvèrent un peu plus tard pour le dîner. Elle en profita pour lui donner des nouvelles de la famille, de sa sœur et de ses trois enfants, qui grandissaient si vite. Antoine va rentrer en cinquième, tu te rends compte ! Elle partagea également des nouvelles du quartier. La maison des Quentin était à vendre, et puis Sylvain, ton ami d'enfance, mon Dieu, comment te dire, il est très malade. La sclérose en plaques m'a-t-on dit. Tu te rends compte, vous avez le même âge, vous avez tellement joué ensemble… Les haricots de Romain eurent soudainement un goût d'injustice. Les maladies comme ça, on ne sait jamais quoi en dire. Elles vous prennent une vie sans demander pardon.

Romain, lui, avait raconté son voyage. Jeanne était très curieuse. Mais qu'as-tu fait pendant presque un mois là-bas ? Il parla de Gillian, de toutes ses bibliothèques, de la chaleur du cuir de tous ces livres, de tous leurs secrets, mais il n'en dit pas plus. Il savait ce que sa mère pensait de cette histoire d'épine. Une facétie de son fou de père. Rien de plus. Pas la peine de lui dire qu'elle avait eu raison de douter depuis le début, elle le savait bien.

Après le repas, ils partirent se coucher tôt, la journée avait été pleine d'émotions, déjà. Romain glissa dans son lit avec plaisir. Il retrouvait le confort de sa chambre d'enfant qui lui semblait bien petite. Il éteignit la lumière, et se blottit le visage au creux de son oreiller. Le sommeil n'allait plus tarder, à présent. Mais le vent s'était levé, et jouait avec les branches du saule qui battaient la clôture de bois. Et Sylvain et sa sclérose en plaques, et toutes ces questions qui tournoyaient comme autant de feuilles de saules arrachées. Le silence exacerbait le silence. Un cœur tendu battait les tempes de Romain. Finalement, il ne dormirait pas.

16

Gillian, les chats miaulent au-dehors.
Gillian, je n'arrive pas à dormir.

Un homme, recroquevillé sur son bureau d'écolier.

Gillian, j'ai horreur de ces cris d'animaux dans la nuit. On croirait des gémissements d'enfants malades et perdus. Gillian, je suis triste.

Un homme, replié sur son enfance, sous le halo d'une vieille lampe d'architecte aux ressorts fatigués. Un Bic jaune mordillé. Quelques feuilles perforées à grands carreaux. Romain écrivait.

Gillian, j'ai vingt-cinq ans. Ce n'est rien. Ce n'est pas grave. Je ne devrais pas en avoir peur. Alors pourquoi ?

Le Bic s'arrêtait, hésitait, haletait, puis repartait timidement. Romain respirait faiblement aussi. La lampe effaçait le reste de la chambre dans un silence opaque. Il ne restait que Romain, la feuille à grands carreaux et le stylo jaune. Il ne restait que Romain, l'étendue de ses peurs et un timide espoir. Le halo se faisait plus lourd, Romain, lui, s'élevait imperceptiblement. Le Bic s'était courageusement remis en marche. Un mince filet d'eau tout d'abord, quelques gouttes de pluie, pas plus, un ruissellement dans le fond d'une gouttière, au milieu des feuilles de saules qui tournoyaient toujours dans le vent maudit. Mais les mots créent un vide que seuls d'autres mots peuvent combler. Et ce Bic ouvre une plaie que seules d'autres pages peuvent soigner. Et ce doux visage de sa Gillian-sans-âge en appelait d'autres encore. Mais Gillian, pourquoi t'écrire tout ça ? C'est un torrent à présent. Oui, Gillian, j'y verse tout ce que je sais sur mes doutes et mes angoisses. Eh oui, je n'y verse pas que de l'encre, sur cette vieille feuille à grands carreaux sur laquelle je n'ai jamais voulu étudier.

Gillian, j'ai vingt-cinq ans, et je n'ai que ce bureau sur lequel je t'écris pour me rappeler qu'à mon âge, on a en général un métier, et un peu d'argent. Moi, je vis chez ma maman et Hélène est partie. Gillian, j'ai peur. Peur de n'être personne.

Le pauvre stylo jaune abandonna, noyé dans un torrent de mots. Triste fin pour un Bic dévoré, mais courageux. La lampe d'architecte, elle, ne céda pas. Jusqu'au bout, jusqu'au moment où Romain cacha son visage dans le pli de son coude, elle plaqua son halo de lumière sans âme.

17

C'est fabuleux, un matin. Un océan de possibilités. Finalement, Romain avait dormi un peu. En se levant, il s'approcha de son bureau. Il avait écrit presque quatre grandes pages. Il sourit en pensant à toutes ces dissertations qu'il n'avait jamais rendues. À l'école, on espérait toujours beaucoup de lui, des pages et des pages, et comme il ne voyait pas très bien pourquoi et qu'il ne savait jamais trop quoi écrire, il n'écrivait pas. C'est monsieur Laval, ce professeur si bienveillant, qui aurait été flatté de recevoir ces généreuses pages recto verso de son écriture si rare. Romain reposa les quelques feuilles sur son bureau et descendit rejoindre sa mère qu'il entendait déjà s'activer dans la cuisine.

Que c'est bon… non, c'est vrai… J'en avais marre du beurre salé ! Romain tartinait avec plaisir le beurre doux de baratte sur un bout de baguette fraîche. Jeanne souriait aussi. Oui, mon chéri, c'est vrai que c'est bon. Et c'est vrai d'ailleurs que tu as changé, mon fils, mais je ne te le dirai pas. J'ai trop peur que tu te renfermes comme tu le faisais si souvent auparavant. J'ai tellement eu de mal à savoir qui tu étais, Romain, et là, dans ce rayon de soleil qui traverse la cuisine, tes cheveux brillent et tombent autour de ton visage ébloui par cette modeste tartine de pain frais. J'en suis comblée.

Romain ramassa son bol, aida un peu sa maman à ranger le petit-déjeuner, s'habilla et sortit. Il se rendit à la poste d'où il envoya sa lettre pour Gillian. Les quatre feuilles écrites dans la fièvre de la nuit prenaient leur propre envol vers d'autres mains. C'était la première fois que Romain partageait ainsi ses peurs et ses écrits. Il était inquiet un peu, mais c'était Gillian. Il se sentait à présent étonnamment étranger à ce qu'il avait ressenti pendant la nuit. Il avait le cœur bien plus léger ce matin. Il décida qu'en rentrant, il appellerait Hélène. Il n'allait tout de même pas abandonner sans lutter.

Cela aurait pu ressembler à un vieux western. Il y avait le silence. On pouvait sentir une tension dans l'air. Romain était assis sur le canapé, un papier à la main. Il était silencieux et fixait le téléphone posé sur la petite table de bois terni. Romain était venu ici, sur ce canapé, il y avait déjà une demi-heure. Il avait fermé la porte. Sur son papier, le numéro de téléphone d'Hélène. Il le connaissait par cœur, mais il avait pensé que l'écrire retirerait au moins l'angoisse du faux numéro. Jeanne passait dans le couloir de temps à autre. Elle ne voulait pas écouter, mais tendait l'oreille discrètement pour essayer de deviner une conversation tendre. Jeanne aimait beaucoup Hélène.

Romain aussi aimait beaucoup Hélène. Et c'était certainement cet amour qui le clouait sur son canapé, à un petit mètre du téléphone ivoire. Peut-être que ce n'était pas la meilleure heure pour appeler, non plus. Parce qu'il fallait que toutes les chances soient de son côté. Romain s'était presque convaincu que ce n'était effectivement pas le bon moment et qu'il ferait bien mieux d'appeler demain vers midi. Satisfait de sa conclusion, presque convaincu d'avoir raison, heureux de pouvoir remettre au lendemain ce qu'il ne trouvait pas le courage de faire aujourd'hui, il se leva et se dirigea vers la porte du salon. Mais soudain, dans un sursaut d'orgueil et de folie, il s'arrêta net, fit demi-tour, prit le téléphone et composa le numéro d'un trait. La sonnerie ne lui laissa pas le temps de reprendre son souffle. On décrocha et Romain reconnut la voix de la mère d'Hélène.

Hélène était dans sa chambre lorsque la sonnerie retentit. Elle lisait. Elle avait décidé de relire tous ces romans qu'elle avait étudiés en classe sans vraiment les comprendre. Elle s'arrêta de lire lorsqu'elle entendit le téléphone. Depuis qu'elle avait quitté l'appartement qu'elle partageait avec Romain, elle se demandait si, un jour, il appellerait. Depuis, elle se figeait à chaque appel qui arrivait à la maison. Qu'elle cuisine, qu'elle lise, qu'elle se brosse les cheveux, elle s'arrêtait toujours, s'essuyait les mains et se préparait avec une petite palpitation au creux du cœur. On ne sait jamais. Hélène tendait l'oreille. En général, en quelques secondes, elle comprenait qui appelait. Son père, le coiffeur, ou la voisine parfois. Mais cette fois-ci, Hélène n'entendait rien. Pas de discussion, juste le bruit du combiné posé sur le flanc. Les marches de l'escalier de bois grincèrent comme à leur habitude, et quelques secondes plus tard, le visage de sa mère apparut dans l'embrasure de la porte.

— C'est lui.

Hélène posa son livre sur le lit et descendit.

Romain respirait profondément. Il essayait de se calmer comme sa maman lui disait de le faire, lorsqu'enfant il ne pouvait pas dormir. Romain respirait à pleins poumons et se raclait la gorge pour tenter de s'éclaircir la voix qu'il pressentait fébrile, hésitante, à peine audible au pire.

Il entendit le bois de l'escalier grincer. Cela faisait toujours ça lorsque quelqu'un descendait chez Hélène. Puis le combiné, puis une voix qui lui figea l'âme et le corps. C'est Hélène. C'est elle. C'est incroyable. C'est elle et elle me parle. Romain devinait ses lèvres, ses cheveux, la voyait marcher, rire, courir, dormir. C'est Hélène. Son odeur, sa douceur. C'est Hélène. Oh, mon Dieu…

— Allô ? répéta-t-elle.

— Oui… Hélène ? lâcha enfin Romain.

Elle ne répondit pas tout de suite. Cette voix. Oui, cette voix que j'ai tant attendue. C'était Romain, c'était lui, si fragile. Je n'arriverai jamais à lui en vouloir…

— Oui… c'est moi, répondit-elle

— Je… tu vas bien ? demanda Romain

— Ça va.

— Je sais que… comment dire… je voudrais te voir… si tu veux bien…

Il marqua une pause. Elle ne répondait pas. Il reprit.

— Tu veux bien ?

— Je ne sais pas, Romain. Je ne sais pas, répéta-t-elle doucement. C'est pas facile, tu sais…

C'était au tour de Romain de rester silencieux. Il sentait cette douce incertitude, possibilité au cœur d'Hélène. Il ne pouvait qu'insister, alors.

— J'aimerais vraiment parler avec toi. Il faut que je te raconte. S'il te plaît.

Elle hésita, mais son « s'il te plaît » sonna si juste qu'elle finit par accepter. Ils se donnèrent rendez-vous au café près de la Sorbonne, dans le Quartier latin, le lendemain à midi. Elle raccrocha la première. Finalement, elle était folle de joie, en silence. Romain reposa le combiné lentement. Il garda la main dessus encore quelques secondes. Sa paume avait transpiré. Il ne s'était pas trouvé brillant. Il aurait tant aimé la faire rire.

Dans le couloir, Jeanne s'éloigna à pas feutrés de la porte. Elle souriait tendrement.

18

Romain était arrivé en avance. Il avait posé le bouquet de marguerites sur le bord de la table. Il regrettait de ne pas avoir acheté de journal, à présent que la peur lui tenaillait le ventre, et qu'il aurait voulu se donner une contenance, une attitude affairée. Mais il n'aurait pas pu bien jouer ce rôle. Ce n'était pas vraiment lui, et il voulait être tout à elle.

Elle était au bout de la rue, à quelques centaines de mètres de là, assise dans sa voiture. Elle réfléchissait. Elle arriverait en retard. Elle voulait le faire patienter un peu. Elle lui en voulait toujours un peu. S'il était sincère, il l'attendrait.

À sa table, Romain repensait à ces derniers mois, à son départ précipité pour Dublin. Elle devait penser sans doute avoir été oubliée. Elle ne pouvait pas savoir qu'elle avait été si présente dans ses pensées. Mais il n'avait pas donné de nouvelles. Il connaissait ses faiblesses, il voulait s'en excuser.

Toujours dans sa voiture, elle caressait le cuir de son volant. Elle l'aimait. Elle le savait. C'était écrit. Un secret murmuré dans les battements mêmes de son cœur. Elle aimait ses faiblesses, son extraordinaire sensibilité, sa naïveté d'enfant, son air perdu. Mais elle savait aussi, comme toutes les femmes, la dureté du monde qui nous entoure. Elle voulait des enfants. Une famille. Un mari et un père. Lui ne devait pas s'être posé la question encore.

Il repliait sa serviette sur elle-même. Il pensait à leur future vie commune, s'il arrivait à sauver leur relation. Il voulait des enfants. Il se disait qu'il saurait être un bon père. Il leur caresserait les cheveux et saurait les consoler dans la nuit. Il pourrait même dormir à leurs côtés quand ils seraient malades ou tristes. Il se blottirait contre leur visage, respirerait leur nuque fine et admirerait avec eux les poissons tournoyer au-dessus du lit dans un léger courant d'air ou d'eau. Il les protégerait contre l'orage et les porterait toujours tout contre lui.

Elle se disait qu'il voudrait certainement des enfants, mais qu'il ne saurait pas s'en occuper. Et puis il faut de l'argent. Pas forcément beaucoup, mais il en faut. Elle ne pourrait peut-être pas toujours être la seule à travailler. Elle était déjà en retard de près d'une demi-heure. Elle décida d'attendre encore un peu. Que sont quelques minutes comparées à trois longues semaines ?

Il avait fini de jouer avec sa serviette. Il se sentait de plus en plus perdu, amoureux et seul. Le patron lui apporta un autre café. Les fleurs sur la table, les gestes de nervosité, le patron du bar avait compris. Il lui mit la main sur l'épaule dans un geste simple de solidarité masculine. L'heure tournait. Romain se repassa la conversation téléphonique de la veille en tête. Il se souvint qu'elle avait hésité à accepter. C'était clair, maintenant. Elle ne viendrait pas. C'était sa façon à elle de lui dire que c'était fini. Elle était si douce qu'elle ne voulait pas le blesser en face.

Hélène se leva enfin. Elle ferma sa portière, enfila sa veste, vérifia sa coiffure. Elle se dirigea vers le bar, finalement angoissée à l'idée d'être autant en retard. En entrant dans le café, son cœur battait à tout rompre. Elle poussa la porte. Elle avait tellement pensé à ce premier regard qui devait tant lui dire. Lui dire, je t'en veux, tu m'as fait mal, mais je t'aime. Conquiers-moi à nouveau, je suis là pour toi, et si tu es aussi subtil que ce que je pense, tu verras bien que je t'aime. Elle avait si bien préparé son regard, qu'elle eut du mal à réaliser que Romain n'était pas là. Elle scruta la salle plusieurs fois. Il n'y était pas. Elle s'assit alors à une table près de la fenêtre, mais ne commanda rien. Elle s'installa le plus calmement qu'elle put, mais elle se sentait anéantie. Il n'était pas venu. Il devait être encore parti Dieu sait où. C'était peut-être mieux comme ça. On ne pouvait décidément pas avoir confiance en lui. Elle se leva rapidement et repartit vers sa voiture d'un pas vif qui faisait claquer ses talons sur le trottoir.

Quelques fleurs sur l'eau. Romain et les fleuves. Amis de ses joies, confidents de ses peines. Les marguerites avaient perdu quelques pétales dans leur vol dans le ciel de Paris. Romain avait même crié en les lançant par-dessus le parapet. Quelques personnes s'étaient retournées et avaient compris que ces fleurs qui disparaissaient par-dessus le parapet n'avaient pas trouvé celle à qui elles étaient destinées. La Seine allait les offrir à quelqu'un d'autre. Hélène n'en avait pas voulu. Elle n'était pas venue. Romain avait tenu jusque-là. Il céda. Il se dit que de toute façon, il n'avait pas à avoir honte, que pleurer était aussi une forme de courage.

Un peu plus loin, les coudes sur le volant et les mains dans les cheveux, Hélène aussi était courageuse.

19

Dieu que le monde est vide. Une vaste bassine d'un acier inoxydable, inaltérable et sonore. Et tous ces gens hurlants qui se croisent, se heurtent, mais si rarement se rencontrent. On s'interpelle depuis son automobile trop précieuse, on se hèle sur les marchés assourdissants. On s'esclaffe encore aux terrasses des cafés, on est outré et partage à qui veut bien l'entendre, accoudé au bar, ses opinions prémâchées, accompagnées d'un large geste du bras pour mieux en soutenir l'évidence. Ces gens-là ont leurs règles, leurs codes, leurs ambitions. Selon tout cela, Romain n'était rien. Il n'existait pas. Il n'avait pas de voiture et n'avait besoin de rien. Il ne lisait pas de journaux et ses opinions ne sonnaient pas bien sur le zinc des comptoirs.

Romain marchait à Paris, près du Châtelet. Il était venu là pour combattre sa solitude. Il marchait sans but, feignant un intérêt pour ce disquaire de l'autre côté de la rue, ou pour ce magazine affichant en couverture un visage de femme parfaitement irréelle. Mais il ne trompait personne, ni même lui. Il était là par hasard, par lassitude et désespoir, hébété par la solitude, et chacun de ses pas trahissait tout ceci.

Romain traînait ainsi depuis plusieurs jours. Sa

mère le laissait faire. Il n'avait pas trouvé la force de raconter qu'Hélène n'était pas venue, qu'il avait attendu de toutes ses forces, qu'il avait même acheté un petit bouquet de belles marguerites et qu'il avait pleuré en le lançant dans le ciel sale de Paris. Il n'avait rien pu dire, mais Jeanne voyait bien qu'il souffrait et qu'il aurait du mal à en parler. Alors elle l'entourait de son mieux, sans le heurter ni rien lui demander. Elle ne pousserait pas cette porte. Il y avait trop d'eau et de vagues derrière. Trop de vagues à l'âme qui déferleraient sur elle à peine la porte entrouverte. Il fallait laisser du temps encore.

Romain s'était fait bousculer. Il marchait d'un pas si hésitant et changeant qu'on ne savait anticiper où il voulait aller. L'homme pressé s'excusa et reprit sa course. Un homme avec une cravate qui lui allait si bien. Une sacoche aussi. Un homme qui lui sourit même en s'excusant, en se retournant dans son élan, sans presque s'arrêter. Un homme qui croisa son regard tout en s'éloignant, une fraction de seconde, mais qui prit le temps d'avoir l'air sincèrement désolé. Un homme qui avait un endroit où aller, des gens à rejoindre, un travail à faire. Un homme aux mains larges et douces qui caressent sans doute avec la même tendresse les cheveux de ses enfants que le sein de sa femme. Un homme simple, avec sa vie d'homme, son travail d'homme.

Romain ne sut pas quoi dire. Il aurait tellement voulu cette confiance, cette humanité, cette sacoche. Il aurait tellement voulu ces mains larges, cet enfant et le sein de cette femme.

Il y avait un endroit pour sortir d'ici. C'était un peu plus loin. Un endroit vers le ciel. Un lieu à part, différent des bords de cette bassine, hauts et saillants, sur lesquels Romain ricochait sans cesse et se faisait saigner les ongles. Cet endroit était immense. C'était un vaste courant d'air qui prenait ceux qui le voulaient et les emmenait un peu plus haut, un peu au-dessus. D'autres, ignorants, restaient immuablement collés à la dalle. Ils ne savaient pas et le vent sacré les ignorait. Romain, lui, se trouva arraché du sol dès ses premiers pas à Notre-Dame, dès la porte franchie. Il avait marché frénétiquement depuis le Châtelet jusqu'à l'île de la Cité. Il avait même couru parfois et avait traversé à corps perdu les flots de voitures, armé de la confiance naïve de celui qui ne souhaite déjà plus vraiment être là. Il transpirait, il arriva presque trop vite et se jeta dans la fraîcheur de l'église comme on plongerait dans une piscine un jour d'août. Il ne tomba point, car le vent le prit de suite. Il était prêt et monta vers la nef plus vite que les volutes de fumée des cierges. Il était transporté, il tournoyait en paix entre les vitraux et les fresques, dans un bain de lumière chaude. Il était déjà venu ici. Il se sentait comme chez lui, là où le pain est rond et le vin léger. Son visage était paré d'un blanc sourire. Il restait calme et serein. Son cœur ne battait plus. Ce n'était pas nécessaire ici.

Il se souvenait, à présent. C'était cette épine. Oui,

c'était à cause de ce don de son grand-père ce soir de printemps à Locmaria, il y avait bien des années. Cette terrible épine. Et cette confiance de son grand-père. Oui, on lui avait fait confiance. Romain se souvint de ce fameux soir à Borderhouat, de son grand-père et de son coffret de bois noir. On lui avait fait confiance.

Oui, confiance.

Au même moment, en banlieue, une lettre d'Irlande arrivait sur le bureau de Romain. C'était sa mère qui venait de la déposer délicatement.

20

Dublin, vendredi 5 septembre 1969.
Romain,

J'ai bien reçu ta lettre et je t'en remercie. J'aime beaucoup te lire. Cela me rappelle nos discussions de cet été. Que de bons souvenirs...

J'aimerais commencer cette lettre par un traditionnel « j'espère que tu vas bien », mais je vois que ce n'est pas le cas. En fait, je comprends que tu sois très déçu. Je repense beaucoup à ton histoire depuis ton départ. C'est une histoire incroyable. Je repense à ton épine. Je me remémore le moment où tu me l'as montrée, là, sur mes genoux, dans sa boîte en bois. J'en suis encore émue. Je la trouve terriblement belle et fragile. Honnêtement, qu'elle ait été ou non sur le crâne de Jésus ne change pas le fait que ton grand-père t'aimait beaucoup pour te la donner, à toi. Il devait beaucoup y tenir. Tu dois en être fier.

Je crois que tu as bien compris que Spina Christi n'est pas un livre digne de confiance. Tu peux choisir d'y croire si tu veux, mais ce choix ne concerne que toi. Il pourrait impressionner certains, mais peu te suivront sur ce chemin-là. Par contre, une chose est sûre : Colm O'Grady, si c'est bien lui qui a écrit Spina Christi, ne pouvait pas savoir si l'épine de ton grand-père était une vraie ou non. Je pense d'ailleurs qu'il s'en moquait éperdument. Spina Christi est certes une fausse piste, mais ce livre ne prouve rien. Tout est encore possible, Romain. On est juste de retour à la case départ.

Mais si tu veux savoir, si c'est important pour toi, il y a un moyen irréfutable, et c'est aussi pour ça que je t'écris aujourd'hui. Je viens de lire un article dessus : il s'agit de la datation au carbone 14. J'en suis tout excitée ! Autant te le dire, je meurs d'envie de savoir ! Je suis tellement curieuse... Cette méthode a été découverte à la fin de la Seconde Guerre mondiale, et c'est assez incroyable. Je n'ai pas tout compris, car les articles scientifiques ne sont pas ma prédilection, mais il semble que les matières vivantes reçoivent à leur création une certaine dose de carbone 14, et qu'en mesurant combien il en reste, on peut calculer la date d'origine de l'échantillon. C'est le genre de découverte dont les archéologues ont dû rêver pendant des siècles. Je ne sais pas combien ça coûte, ni comment ça peut se faire, mais si ça t'intéresse, tu devrais te renseigner. C'est ton choix.

Voilà, j'ai tout dit. Il ne fait pas très beau ici. Tu dois avoir meilleur temps en France. Continue de m'écrire, s'il te plaît. Je n'ai pas eu d'enfant. C'est une longue histoire. Une malchance. Je te raconterai peut-être un jour. Écris-moi.

Bien à toi,
Gillian.

21

Il fallut du temps. On dut attendre janvier. Après des mois maudits où Romain ne fit rien, 1970 démarrait sous de meilleurs auspices. On avait célébré les fêtes de fin d'année sans faste, juste avec Jeanne, autour de quelques bougies et d'un plat de canard un peu trop cuit, aux pommes et au cidre. On laissa mourir 1969 sans regrets. On s'embrassa beaucoup et Romain fit même danser sa mère, qui rit à en pleurer. Elle riait car la tête lui tournait, mais aussi pour masquer tant bien que mal la solitude si poignante qui les unissait tous les deux ce soir-là. Mais il ne faut pas être triste. Nous ne sommes que deux, mais nous sommes unis et la nouvelle année sera clémente et délicieuse. C'est sûr, je le lis dans ton regard rendu brillant par les larmes et les flammes vacillantes des bougies. On peut même en rire d'avance.

Dans les premiers jours de janvier, Romain se sentit volontaire, nouveau, plus fort. Il voulait faire quelque chose, mais n'avait pas encore bien décidé quoi. Il s'avisa de commencer par ranger son bureau. Après quelques minutes, son élan fut stoppé. Dans le tiroir de gauche, ce fut un moment de honte qu'il retrouva : la lettre de Gillian était restée là, seule, emmitouflée dans son enveloppe, et sans réponse. Une vague de souvenirs lui revint à l'esprit. La Marsh's Library et le gilet taché de Gillian, Trinity College et les lunettes rouges, le Davy Byrne's et son feu de tourbe. Gillian avait été si attentionnée.

Romain s'installa, relut la lettre et se dit que tout de même, ces histoires de carbone 14 méritaient peut-être un peu plus d'attention. Il retournerait demain à la bibliothèque, tenterait d'en savoir un peu plus et répondrait ensuite à Gillian, qui l'avait accueilli et qui méritait bien plus que son bête silence en retour.

Quatre larges volumes à sa droite. Son fidèle Bic jaune mordillé. Un cahier à grands carreaux Seyes qu'il avait retrouvé parmi ses affaires du lycée et auquel il n'avait eu qu'à arracher les dix premières pages pour qu'il retrouve l'aspect du neuf. Romain se sentait vaillant, presque fier même. Il avait retrouvé l'ambiance feutrée de la bibliothèque Sainte-Geneviève qu'il avait tant fréquentée lors de ses recherches sur saint Louis et la sainte Couronne. Il s'était installé au bout d'une de ces longues tables sur le côté de la salle. Il observait autour de lui. Il se sentait étonnamment à sa place. Il faisait partie du groupe. Il croyait parfois même reconnaître certains visages, des étudiants qui sans doute venaient ici régulièrement. Romain admirait leur détermination, leur persévérance face à l'immensité du savoir de ces ouvrages tout autour. Ils s'y attaquaient méticuleusement, jour après jour, page après page, avec l'aplomb d'une armée de fourmis.

Romain aussi se sentait courageux. Il s'était

aventuré avec beaucoup de candeur dans la salle, au fil des rayonnages de la bibliothèque. C'était une expérience toute particulière. Comme un défi. Un pourquoi pas. Romain s'était finalement arrêté. Il était dans le bon rayon. Celui qui lui chuchoterait tout ce qu'il avait envie d'entendre, tous les secrets de la datation au carbone 14. Un livre attira particulièrement son attention. L'ouvrage trônait là, juste devant ses yeux, et affichait avec panache son titre anglais sur une tranche de sept bons centimètres de large : *Radiocarbon C14 variations and absolute chronology*. L'ouvrage serait très certainement complet, encyclopédique, effrayant. Romain n'avait hésité qu'une seconde. Il s'en était saisi comme on prend un long club de golf pour la première fois de sa vie et que l'on s'avance avec le sourire vers le départ du trou numéro un. Il fallait essayer. Il fallait se lancer sans se soucier du regard des autres. Le combat en valait la chandelle. La réponse au mystère de son épine s'y trouverait certainement. Il ne s'était pas arrêté là d'ailleurs. Il voulait tout prendre, tous les titres qui traitaient du carbone 14 pouvaient contenir les réponses à ses interrogations. Romain en devenait boulimique et voulait tous ces ouvrages si riches à portée de sa main, offerts comme autant de fruits d'été cueillis mûrs de l'arbre au milieu du champ, sous le soleil du Sud. Il allait maintenant pouvoir se gaver de savoir et retourna vers sa place, les bras lourdement chargés.

Peut-être avait-il été trop ambitieux, trop

gourmand. Le doute s'immisça dès les premiers chapitres. On lui parlait de protons et de neutrons. Ces noms rappelaient de vagues souvenirs de ses cours de lycée avec monsieur Tournier, le petit et jovial monsieur Tournier. Romain ne participait que très rarement à la classe, mais écoutait avec attention ces histoires improbables de boules rouges ou bleues qui tournoieraient dans un espace mystérieusement microscopique et vide. Il s'accrochait. Page douze, on survolait la table de Mendeleïev. Il avait déjà entendu ce nom de champion d'échecs. Romain tenait encore faiblement et ne décrocha complètement que quelques pages plus loin : les isotopes eurent raison de ses fragiles bases de physique atomistique. Il ferma la couverture, repoussa tous ces ouvrages du bras et s'affala sur la table, le visage au creux du coude. Il fermait les yeux et se demandait où pourrait être en ce moment ce si fluet monsieur Tournier, et s'il ne pourrait pas par hasard le retrouver.

Elle ne vint vers lui que le quatrième jour. Elle préparait un examen pour la semaine suivante et venait ici tous les matins. Elle le voyait arriver chaque jour, vers dix heures et demie. Il était encore là lorsqu'elle partait vers midi. Il était beau. Il paraissait très sérieux, un peu timide. Solide et honnête, aussi. De larges épaules, des cheveux trop longs qui masquaient son visage qu'elle devinait doux. Elle se sentait attirée. Il lisait. Il avait quelque chose de lumineux. Il semblait captivé par ces énormes ouvrages sur sa table. Il devait être un peu plus vieux qu'elle. Certainement un scientifique, car il ne se dirigeait que vers les rayons de Physique et de Chimie. Elle aimait bien les scientifiques. Il avait l'air brillant, mystérieux. Elle n'allait plus attendre très longtemps. Déjà hier, elle avait hésité. Elle l'avait même suivi quand il était parti chercher un autre livre. Elle avait fait semblant de s'intéresser à ces ouvrages de statistique. Il ne sembla pas la voir. D'habitude, avec cette jupe et ce chemisier, les garçons laissent au moins glisser un de leurs coups d'œil incontrôlés et timides sur sa silhouette. Il devait être très concentré. Aujourd'hui, elle avait mis son jean préféré et ce tee-shirt peut-être un peu étroit, mais si avantageux. Elle avait confiance. Une envie folle d'être aimée lui tirait sur le cœur. Elle ne faisait plus que semblant de lire. La même ligne passait et repassait sous ses yeux. Elle n'avait rien écrit depuis plus de vingt minutes. Sa soif d'amour débordait maintenant pour lui inonder le ventre. Elle se leva enfin.

Elle était venue de nulle part. Romain leva la tête. Il ne l'avait jamais vue. Il ne savait pas qui elle était, ni quoi dire. Elle était là, debout face à lui. Elle souriait et avait posé ses deux mains sur le bord de la table. Elle s'était penchée légèrement en avant. Ses cheveux bruns tombaient sur la droite de son visage qu'elle inclinait légèrement. Elle n'avait toujours pas ouvert la bouche. On eût dit qu'elle laissait le temps à Romain de l'apprécier. Ses yeux, sa poitrine si proche. Encore une seconde, et Romain l'envisageait déjà. Elle était belle et elle était là, en face de lui. Elle était belle, car elle s'était levée pour venir lui parler, parce qu'elle avait posé ses mains si fines sur le bord de son bureau en souriant. Elle était belle, car elle rayonnait de toute cette confiance dont il manquait si cruellement. Elle le charmait et il en savourait chaque instant. Un peu comme un grand verre de chocolat chaud, si doux et sucré au miel, sur une terrasse de café en hiver. Le silence s'allongeait, et le monde de Romain se compliquait irrésistiblement.

22

Cécile s'était abattue sur Romain comme une pluie battante, tropicale, chaude. Elle fut aussi inévitable qu'inopinée. Pour bien faire, il aurait fallu s'y préparer, mais Romain n'en eut pas le temps. Elle était partout, elle glissait sur lui, sur ses joues, sous sa chemise. Elle l'inondait et il se laissait emporter. Résister eût été vain et la chute n'en était que plus délicieuse. Il n'était pas dupe, d'ici quelques mois, elle le relâcherait, elle le libérerait. Il s'échouerait sur une berge un peu plus loin. Il en ressortirait lavé, essoré, étourdi, déboussolé. Grandi, finalement. Oui, changé. Meilleur peut-être. Cécile faisait partie de ces femmes qui font les hommes, à grands coups d'amour dans le ventre. Elle irait chercher au plus profond de lui ses vraies forces. Elle mettrait à nu ses plus improbables fragilités et colmaterait tout ça, avec tout le pouvoir que son emprise sur lui pouvait lui donner.

Les jours suivants, ils se retrouvaient le matin à la bibliothèque. Ils se reconnaissaient d'un signe de la main. Romain lui mettait une main sur l'épaule et déposait une bise discrète sur sa joue. Il prenait maintenant le train d'avant et arrivait plus tôt, une fébrile impatience au cœur. Elle arrivait toujours avant lui, elle était du quartier. Elle se maquillait légèrement aussi. Rien de très voyant, juste un peu de khôl autour des yeux et de fard à joues pour masquer sa pâleur hivernale. Romain l'avait remarqué. Il aimait la regarder étudier. Elle l'étonnait, l'impressionnait même. Elle ouvrait tous ses cahiers, toutes ses notes autour d'elle. Elle ne faisait pas de fiches, ne traçait pas de ligne pour séparer son travail de la veille et ne notait jamais la date dans la marge. Elle allait vite. Elle allait à l'essentiel, qui semblait lui apparaître comme par magie. Elle ne changeait que rarement de couleur et n'encadrait pas ses résultats. Elle n'avait que le minimum dans sa trousse ternie. Elle lisait vite, la pupille de ses yeux basculant mécaniquement d'un côté puis de l'autre avec frénésie. Elle ne s'arrêtait que sur l'essentiel et le notait brièvement dans son cahier qu'elle retournait pour l'utiliser sur l'envers. Elle manipulait tout ceci avec une virtuosité qui impressionnait et intimidait Romain.

Il y avait une vraie intensité dans son apprentissage. Il voyait ses lèvres remuer. Elle fermait les yeux parfois, pour mieux réfléchir et faire abstraction de toutes les allées et venues autour d'elle. Elle s'échappait, seule au monde pendant de longs moments. Elle poussait sa mémoire dans ses ultimes retranchements. Elle apprenait tout et tout de suite. Elle ne remettait rien à plus tard, certaine qu'elle n'aurait pas le temps. Il fallait apprendre, et apprendre maintenant. Elle passait et repassait sur le même exercice jusqu'à ce qu'il cède. Elle se laissait alors aller à un léger sourire de satisfaction qu'elle partageait avec Romain en relevant son menton si fin.

Parfois, elle s'octroyait une pause, et elle l'observait. Il était plus vieux qu'elle de trois ou quatre années. Elle ne savait pas très bien ce qu'il cherchait, ce qu'il étudiait. Elle le voyait porter et rapporter ses impressionnants ouvrages scientifiques, pour s'y plonger ensuite avec courage. Il lisait, puis il bâillait. Finalement, parfois, elle se demandait s'il ne bâillait pas plus qu'il ne lisait. Les pages ne tournaient que rarement. Elle le voyait promener son regard sur le plafond de la bibliothèque aux allures de hall de gare. Souvent, elle sentait qu'il l'épiait avec gentillesse. Elle ne s'arrêtait pas, mais ça lui faisait plaisir. Puis elle le voyait se replonger dans le milieu de cette page qui n'en finissait pas. Elle l'observait s'y débattre et s'y perdre enfin : il refermait alors le livre et le repoussait vers le milieu de la table. Il se frottait les yeux, s'étirait, il était vaincu. Elle le regardait, elle lui souriait.

Lui était penaud.

Elle se leva alors de sa chaise, se pencha vers lui à travers la table en s'appuyant sur ses coudes. Il se rapprocha et elle lui chuchota à l'oreille, avec une douceur qui ne masquait pas toute sa détermination :

— Dis-moi ce que tu cherches. Je vais t'aider.

Romain acquiesça.

Il ne lui parlerait pas de son épine. Il ne la connaissait pas encore assez et cette histoire de famille était tellement stupide qu'elle en rirait certainement. Il fit le tour de la table et s'assit à côté d'elle. Il se pencha vers elle pour parler à faible voix, afin de ne pas déranger. Il se sentait si fier d'être assis à côté de cette fille qu'il désirait tellement. Chaque jour, il voyait les autres étudiants qui l'envisageaient des pieds à la tête. Lui, il lui parlait, presque à pouvoir la toucher, et le parfum de sa nuque lui tournait les sens.

Alors voilà, Cécile. Voilà ce que je cherche au milieu de toutes ces pages si étanches à mes efforts. Car il faut que je te dise : je suis curieux, et ça, je sais que c'est une bonne chose. Mais je ne suis, comment dire, pas très doué. Et en particulier en Sciences. Je me sens mieux en Histoire.

Mais mon problème en ce moment est plutôt scientifique. Enfin voilà : je veux comprendre la datation au carbone 14. Je veux savoir comment ça marche. Je veux comprendre comment un objet peut avoir une date marquée en lui, et qu'avec les bonnes machines, on puisse tout simplement la lire. Je suis stupéfait qu'une telle chose soit possible et je veux comprendre. C'est une amie qui m'en a parlé dans une lettre. Elle ne m'a dit que ces quelques mots : « datation au carbone 14 ». Et moi, je ne savais même pas que le carbone pouvait avoir un numéro.

Cécile appréciait sa candeur et sa détermination. « Je veux comprendre », avait-il dit. Elle avait senti son énergie. C'était apparemment un sujet important pour lui. Il comprendrait donc. C'était juste une question de temps et de méthode, finalement.

Il avait du temps, elle lui donnerait la méthode, même s'il risquait de ne pas aimer au début.

— Un bouquin de troisième ? Non… Tu rigoles… Un bouquin de Sciences physiques de troisième ?

Cécile tendait à Romain un petit ouvrage jaune et corné qui avait dû être feuilleté par des milliers de gamins auparavant.

Romain l'examina avec dédain dans une indignation mi-feinte.

— Jamais ! renchérit-il.

Il détourna le regard et entreprit de consulter les ouvrages devant lui, un sourire au coin des lèvres. Il gardait un œil sur Cécile. Elle n'avait pas bougé, le bras toujours tendu, le piteux manuel scolaire au bout. Elle avait été prise de court. Surprise. Agréablement, même. Elle l'avait trouvé doux depuis qu'ils se voyaient. Trop peut-être. Sa gentillesse était réelle et peu commune, mais elle espérait autre chose. Elle le cherchait souvent, le taquinait parfois, mais il n'avait jamais montré de réaction autre qu'un sourire troublé. Elle le connaissait peu, mais osait parfois le pousser. Pour elle, ce jeu faisait d'ailleurs partie de la séduction. Elle cherchait l'homme dans ce charmant garçon. Et il était là, à présent, aussi bougon et rouspéteur qu'inattendu, un peu plus masculin qu'avant. Il était grand, et maintenant il lui tournait le dos. Elle imaginait son sourire râleur. Il était joueur, se retourna et rajouta :

— J'ai ma fierté tout de même… et puis je ne suis plus en troisième…

Cécile réfléchit une seconde. Elle venait d'avoir une idée.

— Très bien. Je prends note. Effectivement. Tu as raison.

Elle souriait. Romain comprit trop tard le piège qui se refermait sur lui, aussi béant qu'inévitable. Elle reprit sur un ton d'inspecteur de l'Éducation nationale du début du siècle :

— Nous allons donc effectuer quelques modestes vérifications d'usage, Monsieur Romain, juste pour nous assurer que vous maîtrisez toujours fermement les bases du programme de troisième en Sciences physiques. Pas de problème pour vous, Monsieur le scientifique de mauvais poil ?

Elle goûtait avec délice ces secondes où elle dominait la situation, où son emprise sur ce grand gaillard était devenue bien réelle. Romain savait qu'il allait perdre à ce jeu-là. Elle avait ouvert le manuel au hasard et avait fait glisser ses lunettes sur le bout de son nez. Son index parcourut la page puis s'arrêta :

— Commençons doucement. Nombre d'Avogadro, valeur et signification, s'il vous plaît ?

Romain fronça les sourcils, prit un air profond, hésita quelques secondes.

— Deux ? Deux et demi ? tenta-t-il.

— Merci, c'est bien ce que je pensais, déclara Cécile en fermant le manuel dans un claquement de victoire. Chapitre sept. En entier. Et tu me feras les trois premiers exercices aussi.

— Si quelqu'un me voit, je vais mourir de honte, tenta Romain. Imagine, si une fille me voit avec ça, à mon âge, je n'y survivrai pas…

Elle souriait franchement, mais elle reprit son faux air sérieux pour lui assener sa réplique finale :

— Je te vois avec ce magnifique ouvrage. Je suis une fille et tu n'es pas mort. Au boulot. Je te prépare la suite.

Romain s'approcha d'elle, lui extirpa le livre des mains d'un geste vif, puis s'approcha encore. Elle relevait le visage. Ils étaient si près l'un de l'autre que leurs corps se frôlaient. Il l'embrassa avec insolence sur le front et partit s'asseoir sans mot.

Elle avait senti un grand coup de chaleur lui envahir la poitrine et lui remonter dans la gorge pour finalement lui inonder les joues. Elle souriait. Elle était heureuse et amoureuse.

Des neutrons et des protons. Ils tournent dans les yeux de Romain. Les protons sont chargés positivement et le nombre atomique Z indique leur nombre dans le noyau et le soir même, Romain appela sa mère. Je ne rentrerai pas ce soir. Oui, je dors ici, à Paris, ne t'inquiète pas. Ils se rendirent chez Cécile qui l'avait subtilement invité. Les isotopes ont le même nombre de protons, mais diffèrent par le nombre de leurs neutrons. Certains sont stables, d'autres non. L'isotope 14 du carbone est instable, c'est-à-dire radioactif, et le soir venu, Cécile invita des yeux Romain à l'embrasser, ce qu'il fit avec une incroyable tendresse. Elle lui prit la main et la mit sur son sein en appuyant fort. Le soir même, ils s'aimèrent maladroitement, mais ce fut sincère, suave et rond.

Les jours passent, et on croisa le nombre d'Avogadro, ce qui nous fit beaucoup rire. On attaqua la désintégration Bêta sans peur. Notre couple se forme. Tu me tournes autour comme un électron, toi et ton énergie. Le carbone 14 se forme dans l'atmosphère et se transforme en dioxyde de carbone que nous respirons tous, même nous lorsque nous nous embrassons si fiévreusement.

Les plantes fixent ce radiocarbone tant qu'elles vivent. Il se désintègre doucement ensuite. Mon épine également, d'ailleurs. Elle perd doucement le radiocarbone qu'elle a pris de l'air de son temps. Ma pauvre épine dans son cube de bois sombre se défait de son carbone 14 dans l'indifférence générale, de demi-vie en demi-vie.

C'est ce monsieur Willard Franck Libby qui a découvert tout ceci en 1946. Vous êtes brillant, Monsieur. Je vous admire et je pense à vous. J'essaie d'imaginer votre visage pendant que Cécile me coupe les cheveux. J'essaie d'imaginer vos joies, vos cris, vos hésitations dans les premières secondes qui suivirent cette idée magique. Et mes cheveux blonds s'émancipent en longues mèches qui jonchent le sol. Cécile coupe et me libère. C'était son idée. Ça me plaît de la voir me tourner autour avec ses ciseaux. Elle plaque ma tête fermement sur sa poitrine. Elle n'a peur de rien. Elle coupe et rit. Je la perdrai sans doute. Elle est trop forte.

Il y a ce labo à Lyon, ils savent faire les bonnes mesures. J'ai trouvé leur adresse dans ce dernier papier universitaire que Cécile m'a déniché. Là-bas, ils savent compter à quel rythme le carbone 14 disparaît. Ils savent dire depuis combien de temps un bout de bois a arrêté de respirer. Ils savent lire l'âge des choses. Ces gens sont fous.

C'était un jeudi soir. Ils étaient à Sainte-Geneviève, comme à leur habitude. Cécile était venue doucement par-derrière. Elle lui passa une main dans ses cheveux coupés si courts. Elle adorait faire ça à son petit militaire, comme elle l'appelait. Elle se pencha vers lui et dit simplement :

— Félicitations.

Elle déposa sur la table devant Romain un large volume à la tranche épaisse comme une brique. Au moins sept bons centimètres. On pouvait y lire son titre en anglais : *Radiocarbon C14 variations and absolute chronology*. Romain était fier. Il la remercia d'un sourire. Il avait tellement progressé à ses côtés. Il était prêt maintenant pour l'étape finale.

Le soir même, Romain cuisina pour Cécile. Il l'impressionna. Il tournoyait dans cette petite cuisine comme elle au milieu de ses livres. Il avait pris ce qu'il avait pu trouver dans les placards. Il ne savait pas ce qu'il faisait, mais il s'amusait. Il goûtait, corrigeait, délayait, rajoutait. Elle aima beaucoup. Son plat, mais surtout l'impression que Romain lui laissa, virevoltant autour de ses gamelles. Une confiance, une maturité, une force. Elle était fière de lui.

Plus tard dans la nuit, Romain réfléchissait. Il aurait voulu parler à Cécile, mais on ne réveille pas un ange qui dort. Il lui aurait tout dit sur son épine. Il lui aurait demandé son avis. Elle lui aurait posé les bonnes questions, elle aurait proposé les bonnes réponses. Il s'allongea et perdit son regard dans les lumières de la ville qui traversaient le vieux volet pour zébrer le plafond de leur chambre.

Je vais aller les voir à Lyon. Eux, les scientifiques qui savent tout. Je ne suis pas un scientifique, mais je n'ai pas peur. Je n'ai plus peur. Je vais les appeler. Il me faut un rendez-vous, je pense. Ils vont me dire, pour mon grand-père et son épine. Je prendrai le train. Ils vont tout me dire et ce sera fini. Oui, enfin, tout sera bel et bien fini. Et le sommeil prit enfin Romain.

23

Nous étions un mardi. Le mardi 24 février 1970. Romain avait rendez-vous à quatorze heures, avec monsieur Milo Giordano, un chercheur apparemment d'origine italienne. Un froid sec pinçait les joues. Romain était en avance. Il était descendu du bus et s'était assis pour attendre un peu sur le banc de l'abribus. Il n'était qu'à quelques centaines de mètres de l'entrée du CDRC, le Centre de Datation par le Radiocarbone de Lyon.

Romain s'était habillé avec ce qu'il avait pu trouver de mieux. Il n'avait pas de cravate, mais avait finalement mis la main sur une chemise blanche d'allure décente et des chaussures de cuir que sa mère lui avait cirées la veille, avant qu'il ne parte pour la gare. Elle avait payé son ticket de train pour Lyon, sous l'unique condition qu'il passât voir sa sœur, ce que Romain avait fait dès son arrivée la veille.

Il avait emprunté à son beau-frère – un « jeune homme charmant » comme disait sa mère – une petite sacoche en cuir que ce dernier n'utilisait plus, mais qui faisait bien plus propre que son sac de sport. Romain y avait mis toutes les notes de ses recherches sur le carbone 14, les carnets de son grand-père et bien sûr son épine. Le malingre et sournois *Spina Christi* aussi.

Hier soir, dans son lit, il avait relu ses notes. Il était préoccupé et se demandait si on allait lui poser des questions. Il fallait être intelligent pour rentrer dans ce bâtiment. Il n'avait jamais rencontré de chercheurs dans sa vie. Il en avait une image technique et ébouriffée. Il arrêta de paniquer en réalisant qu'à sa place, Cécile n'aurait certainement pas le quart de ses doutes et angoisses. Elle froncerait les yeux, mettrait tous ses sens en éveil, se concentrerait et pousserait avec une inusable confiance la porte de ce bâtiment élitiste. Elle serait résolue, sans hésitations ni complexes. Romain s'en inspira. Il serait résolu comme elle. Il allait être le premier de cette lignée de Rochecourt à élucider une bonne fois pour toutes le mystère de cette épine du Christ.

Quatorze heures moins deux. Il serait à l'heure. Il franchit la porte du Centre de Datation dans un élan inspiré par Cécile et son opiniâtreté. On lui indiqua le bureau de monsieur Giordano, au bout du couloir, sur la droite. Romain frappa à la porte. Un homme à peine plus vieux que lui, tout juste la trentaine, en jean et pull, lui ouvrit la porte.

— Bonjour, excusez-moi de vous déranger, j'ai rendez-vous avec un chercheur, monsieur Giordano, je crois.

— Vous y êtes ! Et vous devez être monsieur Vaudet. Soyez le bienvenu.

Milo Giordano affichait un large sourire et s'effaçait maintenant pour laisser Romain entrer dans son bureau. L'homme trahissait ses origines par un solide accent italien qui rajoutait à la chaleur de son accueil. Romain était impressionné que l'on puisse être si jeune, travailler en pull et être officiellement un chercheur affilié au CNRS.

Le bureau était modeste, fonctionnel, exigu même, mais raisonnablement rangé, trahissant une surcharge de travail encore juste maîtrisée.

— Que puis-je faire pour vous, Monsieur Vaudet ?

Romain se racla la gorge discrètement.

— Voilà. Je possède un échantillon de bois assez précieux que mon grand-père m'a donné. Il m'a dit qu'il était très ancien. Je voudrais savoir s'il est possible d'en faire une datation au carbone 14 pour en être sûr.

— Tout à fait, dit simplement Milo.

Romain n'avait pas prévu d'en dire plus. Il avait toujours eu honte de ses faiblesses, et croire en son épine, sans preuve, sur la simple parole de son grand-père, avait toujours été pour lui une faiblesse. Une faiblesse d'arrogance. Une folie des grandeurs. Le chercheur était assis confortablement. Son bureau était blafard comme une chambre d'hôpital, mais son visage était chaud comme la terre du sud d'Italie. Il aimait les histoires. Tous ceux qui viennent ici ont des histoires à raconter. Les archéologues, les amateurs, les descendants de descendants, tous viennent dans ce bureau avec un bout de quelque chose, un morceau de leur vie, de celle de leurs ancêtres ou de leur jardin. Tous ont un échantillon de rêve dans leur sac, dans une boîte en bois ou en plastique, enroulé parfois dans un linge. Ils ont tous aussi une date en tête, une date qui leur convient, qui les fortifie dans leurs espoirs, qui les arrange. Une date qui leur donnerait raison, succès, renommée ou les trois en même temps, parfois. Certains ne cherchent rien de tout cela. Juste du réconfort, peut-être, et leurs histoires n'en sont que plus attachantes. Tous viennent pour trouver la vérité. Et, quels que soient la mesure, le calcul, le résultat, tous finalement lui lanceront un respectueux, mais inquiet « vous êtes sûr ? ».

Milo était encore jeune. Certains doutaient de son expérience. Ses collègues lui avaient donné des conseils. Il faut qu'ils te respectent. Impressionne-les. Affiche tes diplômes au mur et parle-leur de l'effet Suess, ou de l'influence des tests nucléaires américains sur les taux de carbone radioactif dans l'atmosphère. Tu verras, ils t'écouteront après.

Milo s'apprêtait à décrire les principes de base de la datation, quand Romain ouvrit sa sacoche et commença à en vider le contenu sur le bureau devant lui. Des cahiers jaunis, un petit livre. Et finalement une boîte de bois noir.

Romain avait avancé sa chaise. Ce n'était plus le moment d'être timide. Il prit posément le cube sur ses genoux et en fit délicatement coulisser la face supérieure de quelques millimètres, sans l'ouvrir entièrement. Il posa la boîte sur le bord du bureau devant lui, sans la lâcher toutefois.

— Monsieur Giordano, cette boîte contient une

épine d'un arbuste nommé le « Zizyphus Spina Christi ». On l'appelle aussi le « Paliurus Spina Christi ». C'est un arbrisseau originaire d'Asie Mineure. On en trouve encore en haute Galilée. Il y a une légende à propos de cette plante. Certains disent que ce sont ses branches que les soldats romains ont coupées pour se moquer de Jésus-Christ et lui confectionner sa couronne de roi des juifs. D'après eux, ce sont des épines de Zizyphus qui ont blessé et fait saigner le crâne de Jésus.

Romain reprit son souffle. Il lâcha finalement la boîte des doigts et se rassit au fond de son fauteuil. Milo n'osa pas la prendre encore. Romain reprit.

— Celle-ci en particulier.

Romain n'avait pas changé de ton. Il avait prononcé les derniers mots avec l'habitude de celui qui a vécu avec cette énormité les quinze dernières années de sa vie. Il a grandi avec cette épine de Jésus. Il en a respiré le même air. Il a presque pleuré dessus, parfois. Elle ne lui faisait plus peur, ne l'impressionnait plus, faisait partie de la famille.

Milo était intelligent, éduqué, rationnel. Croyant et pratiquant aussi. Il aurait pu sourire, mais cette boîte sur son bureau l'interpellait. Il n'avait pas vu l'épine, mais la boîte épaississait le mystère. Son bois montrait une patine profonde. D'après toutes les mesures qu'il avait faites ces dernières années sur de multiples échantillons de bois de toutes sortes, il savait que cette boîte était très ancienne, plusieurs siècles peut-être. Il ne sourit donc pas. Le doute était permis. Il regarda

Romain et, en indiquant la boîte sur son bureau, demanda simplement

— Je peux ?

Romain acquiesça en silence. Milo sortit des gants de son tiroir, les enfila et prit le cube de bois délicatement. Il l'observa sans le retourner et le posa bien à plat devant lui. Lentement, il entreprit d'en faire entièrement coulisser la face supérieure. Il approcha sa lampe et se courba. Là, endormie dans sa paix millénaire, l'épine de Pierre de Rochecourt, longue comme l'index, respirait faiblement la lumière d'un bureau d'un centre de recherche lyonnais et Milo ne disait toujours rien.

Le silence encore, et l'échine courbée de Monsieur Giordano.

Romain connaissait ces moments-là. Il savait que Milo luttait péniblement entre son légitime doute et l'emprise magique que cette épine a sur ceux qui osent la contempler, et qui ont dans leur cœur ces quelques grammes d'amour, d'histoire et de mystère qu'il faut pour se laisser emporter dans sa poussière de Galilée. Milo était pris. Romain le lisait dans chacune des secondes qui passaient en silence, et à cette échine qui ne se redressait pas.

Romain se leva. Il voulait donner de l'air à Milo. Du temps aussi. C'était un tête-à-tête entre eux deux. Il fallait les laisser. Il s'approcha du mur, contempla tous ces diplômes affichés. Romain, lui, avait celui de son Bac, et également celui de son D.E.U.G. qu'il avait eu tant de mal à finir. Milo Giordano était ingénieur du

Polytechnico de Turin, il avait ensuite basculé ses études vers la recherche et cumulait les honneurs de l'université de Turin où il avait obtenu son doctorat. Sur le côté, une étagère discrète supportait péniblement plusieurs coupes et trophées de course à pied. Décidément un jeune homme très bien, ce Milo Giordano.

— Je ne vais pas pouvoir.

Milo s'était redressé. Ses joues avaient rougi. Il regardait Romain qui s'était maintenant retourné.

— Pardon ?

— Non, je ne vais pas pouvoir, reprit le chercheur.

— Expliquez-moi, demanda calmement Romain en s'asseyant.

— Savez-vous qu'il nous faut extraire le carbone pour pouvoir mesurer la concentration de son isotope 14 ?

— Oui, j'ai lu ça effectivement.

Milo continua.

— Il me faut environ un gramme de carbone pur que je vais dissoudre dans du benzène. Pour obtenir ce carbone sur un échantillon de bois, il faut en général une vingtaine de grammes de bois avant nettoyage. Mais comme celui-ci est très propre, une dizaine de grammes pourraient suffire. L'épine que je vois là ne fait certainement pas plus de dix grammes.

Milo s'arrêta une seconde. Il vit à la mine défaite de Romain que celui-ci avait compris le problème. Comment avait-il pu lire autant de livres, étudier autant de pages et manquer ce point si crucial ? Il aurait dû en parler à Cécile. Elle aurait sans doute anticipé que pour faire une datation au carbone 14 sur une si petite épine, il fallait la détruire entièrement.

Romain s'était assis. Il avait parlé encore. Milo tout autant et il connaissait bien son sujet. Il n'y avait pas moyen. Le processus de datation était destructif. Il fallait brûler, carboniser, dissoudre. L'épine de Romain était si chétive et frêle qu'elle n'y survivrait pas. Milo avait tout expliqué. Il avait même écrit quelques mots et fait plusieurs schémas au tableau pour être très clair. En l'état de la science, on ne pouvait faire mieux. Romain avait bien compris. Il avait compris qu'on allait lui demander de prendre une décision. C'était une douleur, un sacrifice, une amputation. Tout ceci n'était pas prévu. Il avait tout fait pour être prêt, pour éviter l'échec, mais ici encore, il se faisait rattraper par la complexité d'un monde auquel il était si mal préparé. Romain s'écroulait. Il fallait qu'il respire. Il ne savait pas décider si vite, comme ça. Il se leva et dit qu'il devait téléphoner depuis la cabine dehors. Il s'était excusé et était sorti rapidement. Il avait laissé son sac, son manteau. Son livre aussi, et tous ses cahiers sur le bureau de Milo. Romain n'avait pris que l'épine avec lui. Il avait repris le coffret, en avait refermé le couvercle. Il s'était excusé encore une fois. Il revenait. Juste un coup de fil. Cinq minutes.

Il aurait dû prendre son manteau. Le vent glacé de l'extérieur lui saisit le corps. Il se réfugia dans la cabine et mit la main sur le combiné. Il avait froid. Il essayait de réfléchir. Une brume moite sortait de sa bouche haletante. Il fallait qu'il parle, qu'il partage, qu'il s'en remette à une autre âme. Quelqu'un saurait ce qu'il devait faire et allait le lui dire. Oui, c'était ça. On allait l'aider. Il réfléchissait. Sa main s'engourdissait. Elle serrait un peu moins fermement le combiné. Romain pensait à Hélène. C'est elle. Ça avait toujours été elle. Son visage s'était échappé d'un recoin de sa mémoire qu'il venait de frôler et défroisser sans prendre garde. Il avait jailli comme une évidence. Hélène était la seule qui saurait lire dans ses hésitations du regard ce qu'il voulait vraiment, mais n'arrivait pas à assumer. Cécile, si intelligente et confiante fût-elle, n'en était que plus prévisible.

Romain frissonna. Il retira sa main du combiné pour la réchauffer en la serrant fort contre lui, les bras en croix sur le torse. Un bus passa. Quelques voitures encore. Il souffla au creux de son poing pour se réchauffer la paume et les lèvres. De l'autre côté de la rue, un châtaignier dénudé par l'hiver tremblait faiblement dans le vent. La vie continuait.

Tout le monde s'en fout de mon épine. Elle n'est là que pour moi. Que pour me perdre et m'empoisonner la vie. Elle me détruit le cerveau en tournoyant dans ma tête depuis si longtemps. Sans preuve, elle ne vaut rien. D'ailleurs, j'en suis sûr, elle ne vaut rien.

Pardon. Pardon pour ce que je vais te faire. Pardon pour tout. Je serai le dernier maillon de la chaîne de tes protecteurs. Le plus faible sans doute. J'en suis désolé.

Romain sortit de la cabine téléphonique. Il serrait fort le petit cube de bois sombre contre lui et pressait le pas pour rejoindre le Centre de Datation. Il baissait la tête pour se protéger du vent et implorer le pardon des dieux, de son épine et celui de son grand-père.

La discussion avec Milo fut courte.

Romain donna l'épine au chercheur avec un simple « tenez » en guise d'explication. Milo avait visiblement l'air satisfait, mais Romain avait les yeux rougis, et Milo décida de ne rien dire. Cette fragilité dans les yeux du jeune homme n'était certainement pas due au froid. C'était une séparation, un enterrement. Milo prit grand soin de l'épine. Il la sortit du cube à l'aide d'une pince à épiler. Il la déposa dans une boîte de plastique qui sentait déjà la mort. Elle portait la référence FR7102-455, que Milo recopia sur le reçu qu'il data, signa et tendit à Romain. Résultat dans trois mois.

Romain prit le reçu en remerciant uniquement du regard et commença de rassembler ses affaires qui traînaient sur le bureau de Milo. Les cahiers de son grand-père, ses propres notes et *Spina Christi* aussi, qui avait dû prendre tant de temps à ce vieux rieur de Colm O'Grady. Une par une, Romain remettait les pièces de son passé dans la petite sacoche de son beau-frère. Il avait l'impression de les voir se consumer sous ses yeux, disparaître dans la blanche fumée de l'oubli. Romain regrettait déjà. Il accéléra son rangement pour ne pas se ridiculiser devant le chercheur. Milo était tendu de même, mais Romain ne remarqua rien. Il le salua et sortit rapidement du bureau puis du bâtiment.

Au-dehors, Romain avait la tête vide, le cœur vide, et portait dans sa sacoche un petit cube de bois mort.

24

Hélène,
J'ai tant à te dire. J'espère que tu liras cette lettre. Je ne sais pas par où commencer.

Romain releva le visage et posa son stylo. Son buste oscillait légèrement de droite à gauche. Il se laissait bercer par le rythme lancinant du train qui le ramenait de Lyon vers Paris. On était en semaine, il y avait peu de monde. Le siège près de lui était vide et il y avait déposé la sacoche de cuir que son beau-frère lui avait finalement donnée. C'était vrai qu'il était « charmant », finalement, et Romain en était heureux pour sa sœur.

À chaque ouverture de la porte du compartiment, une clameur montait du wagon-restaurant juste derrière. On passait, les bras chargés de bières et de pains chauds. Il y avait de la vie, du bruit et des rires. Romain se remit à écrire sur cette feuille à carreaux arrachée à l'un de ses cahiers.

Je n'ai pas toujours été très clair dans ma vie, et je comprends que ce soit difficile à suivre. Tu m'as beaucoup attendu, avec ton amour et ta patience. Je ne m'en rends compte qu'à présent. Quand j'y repense, j'ai honte. Quel idiot. J'en ai les larmes aux yeux.

L'écriture de Romain sautait sur la feuille au rythme des roues sur les rails. Il s'appliquait de son mieux. Il voulait plaire.

Je me suis trouvé un avenir. Je voulais te le dire. Je veux devenir documentaliste. Je ne sais pas encore très bien comment, mais je suis sûr que c'est possible. Dans les collèges et les lycées peut-être. Avec des jeunes. Cette nuit, j'ai bien réfléchi. J'aime les livres. C'est finalement une des rares choses qui m'intéressent. Tous les livres. Tous ceux qui ont des choses à dire, à partager. J'y ai passé mes plus beaux moments récemment. J'ai mis tant d'années pour réaliser ceci. Trop d'années. Je les ai ignorés si longtemps. Ils ont été patients. Tout comme toi.

Je comprends que tu ne sois pas venue à notre rendez-vous au café à Paris l'automne dernier. Je n'ai jamais osé te rappeler d'ailleurs. Je ne t'en veux pas, tu sais. J'avais des fleurs. Je me souviens comme j'étais fier.

Romain écrivait vite. Son écriture était chahutée, mais elle était sincère. De l'autre côté de l'allée, un vieux monsieur ne pouvait retenir quelques regards curieux vers Romain, ce jeune homme fébrile. Pour écrire aussi vite, ce devait forcément être une lettre d'amour.

Je dois t'expliquer pour Dublin. Peut-être que tu ne veux pas savoir, mais j'ai vraiment besoin de te dire ce qu'il s'est passé là-bas pendant trois semaines. Je suis parti chercher un livre. À ce moment-là, j'étais fou. Fou de cette épine. Il fallait que je trouve ce livre qui prouvait que mon grand-père n'était pas un vieux menteur comme

l'a toujours pensé ma mère. Maintenant, je suis libéré.
Cette histoire est finie.

Romain s'arrêta une seconde. Il coinça son stylo entre ses lèvres pincées et s'empara de sa mallette. Il en ressortit *Spina Christi*, le petit livre qu'il avait volé au Trinity College à Dublin. Il venait d'avoir une idée.

Hélène, tu n'es pas forcée de me croire, mais j'ai pensé à toi, à ton visage chaque jour que j'ai passé là-bas. Je sais que je n'ai jamais appelé ni même écrit, mais tu étais toujours avec moi, dans chacun de mes pas, de mes regards sur cette ville où j'aimerais t'accompagner un jour. J'aimerais que tu me croies. Je t'envoie même ce fameux livre. Tu peux le garder ou le jeter, comme tu veux. C'est juste une farce. Peut-être qu'un jour j'aurai l'occasion de t'expliquer. De toute façon, l'épine aussi va être détruite. J'ai pris ma décision. Je me sens libéré. C'est comme si c'était la première décision que je prenais dans ma vie. Une naissance. J'ai eu du mal, mais je me sens lavé, tout neuf, libre. Je vais devenir documentaliste. Oui, j'en suis sûr maintenant. J'ai l'impression qu'en te l'écrivant, je m'y engage. Je me sens solennel. Je suis sérieux. Je vais essayer de travailler. À mon âge, il serait temps. J'ai vu une annonce à la bibliothèque Sainte-Geneviève où je vais tout le temps. Ils cherchent quelqu'un pour aider à l'accueil, aux inscriptions. Comme ça, je serai près des livres. Ce sera mieux pour mes études. J'ai pensé à ça hier soir. Je suis tout excité et si content de partager tout ceci avec toi.
J'espère que j'aurai le courage de poster cette lettre.

Il faut que je me promette de le faire dès mon arrivée à Paris

Je t'embrasse.

Je suis désolé pour tout.

Je t'aime.

Les derniers mots, Romain ne put les écrire. Ils traversèrent sa pensée comme une évidence, mais n'atteignirent pas le papier. Il ne faisait pas de doute qu'Hélène, son Hélène, était maintenant avec quelqu'un d'autre, toute belle et douce qu'elle fût. Et il y avait Cécile aussi. Tout s'embrouillait dans sa tête.

Il signa simplement de son prénom, plia la feuille en deux et l'inséra au milieu de *Spina Christi* dont il allait finalement se séparer. Romain se reposa un peu. Il ferma les yeux. Il restait encore presque une heure avant l'arrivée à Paris.

25

Le retour avec Cécile fut aussi pétillant qu'imaginé. Elle préparait d'autres examens. Elle le croisa rapidement, juste en bas de l'immeuble, juste quand il arrivait de la gare avec son sac de sport et sa mallette de cuir beige. Elle s'arrêta à peine. Elle était en retard pour rejoindre un autre étudiant avec lequel elle préparait une présentation sur un projet en sciences. Elle partait à la bibliothèque. Elle rentrerait un peu tard ce soir. Mange sans moi.

Romain n'avait pas pu dire un mot. Il n'en avait pas eu le temps. Il n'avait même pas posé son sac. Elle lui avait laissé une bise sur la joue, en s'appuyant d'une main sur son épaule. Elle tournoyait, elle virevoltait, elle sentait le miel et la cannelle. Elle riait. Elle lui tournait la tête avec son regard lumineux comme un lac de montagne au printemps. Mais elle était déjà partie. Romain avait espéré la trouver disponible. Il voulait lui parler. Il voulait lui dire, lui expliquer. Il lui devait ça. Il voulait être franc et droit. Il ne voulait pas lui faire de peine. Il avait un peu peur, en fait. Il la connaissait peu et ne savait pas comment elle réagirait. Il la savait solide, si solide qu'il craignait qu'elle ne pleure pas, qu'elle ne laisse filer aucune émotion, qu'elle l'aide à porter son sac et le raccompagne vers la porte en lui souhaitant bonne chance, et bonne continuation, une tape amicale sur le dos. Il en serait vexé. Car lui ne se sentait pas la même force. Il s'était noyé dans son charme enivrant, imprévisible, puissant comme une marée d'équinoxe. Elle avait tout. Elle était tellement facile à aimer qu'il n'y avait aucun mérite à s'éprendre d'elle. On l'aimait comme une évidence, comme un bol de chocolat chaud. Tout le monde devait l'aimer. Romain avait eu de la chance de la croiser. Elle était venue s'offrir à lui comme un cadeau bien trop beau pour lui, un heureux hasard du sort. Il lui devait tellement. Et l'honnêteté avant tout.

Romain monta l'attendre dans son petit appartement. Ce grand escalier usé qui tournait sans fin jusqu'au sixième étage. Il ouvrit la porte et déposa ses affaires juste derrière. Il fit glisser la fermeture de son sac, mais ne le vida pas. Il ouvrit l'armoire et rassembla les quelques vêtements qu'il y avait laissés au cours des dernières semaines passées ici. Il y avait eu tant de bons moments. Tant de travail aussi. Beaucoup de douceur surtout. Des baisers encore, honnêtes et justes. Dans la salle de bains, il ramassa sa brosse à dents qui traînait sous le miroir, près de la sienne. Ils avaient pris leur douche ensemble, parfois. Elle aimait à se battre. Elle le boxait, avec ses petits poings serrés et glissants, pleins de shampoing. Il riait, il ne sentait rien sur ses épaules. De petits impacts, des éclats de pluie. Il se sentait puissant, large, fort. Elle se pliait à son charme tranquille, rassurant et apaisant, et l'enlaçait simplement. Ils s'aimaient toujours à la fin.

Romain ramassa encore quelques affaires puis referma son sac. Ce serait plus dur qu'il ne le pensait. Il allait l'attendre maintenant.

Elle n'arriva que vers dix heures du soir. Il entendit ses pas légers dans le couloir. Il avait préparé le repas. Il avait cuisiné, c'était la seule façon pour lui de ne pas mourir d'angoisse, seul dans cet appartement qu'il allait quitter. Il avait mis la table. Il voulait être assis face à elle, les yeux dans les yeux. Il ne serait pas en position de force, mais il n'y avait pas d'autres façons d'exister dignement. Il avait posé deux assiettes jaunes et ébréchées sur la minuscule table en mélaminé blanc. La carafe d'eau et les serviettes étaient mises de même. Il était assis sur le canapé-lit quand elle ouvrit la porte. Il se leva presque mécaniquement, soulevé d'un coup par toute la tension de son attente. Elle avait l'air fatiguée. La porte buta contre le sac de sport de Romain. Elle s'arrêta. Elle remarqua le sac et la mallette, manifestement remplis et fermés. Romain restait muet. Il ne pouvait rien dire. Il se vidait de son courage au fil du cliquetis de cette horloge en plastique qui n'avait jamais pu rester à l'heure plus d'une semaine. Sa gorge se nouait. Elle leva enfin le regard du sol pour le jeter solennellement dans celui de Romain. Elle ferma la porte sans rompre le silence et franchit calmement les quelques mètres qui les séparaient. Elle ne s'arrêta qu'à quelques centimètres de son visage. Elle ne disait rien non plus. Elle levait le nez et Romain pouvait sentir son souffle chaud. Elle comprenait. Le sens profond de la situation avait fait son chemin dans son esprit brillant. Elle avait intégré cette vérité dans le plus grand silence et finalement, laissa ses longs cils retomber et repousser toute sa fragilité en lourdes larmes. Dans la lumière du soir, Romain vit ses joues se rayer de quelques traits de lumière. Des rivières de diamants. Elle relevait vers lui son si beau visage couvert de pluie. Elle passa sa main sur une de ses joues, et la mit sur celle de Romain. Elle aurait voulu qu'il pleure aussi. Elle partageait ses larmes. Elle lui en donnait quelques-unes, généreuse. Elle pleurait sans honte. Pleinement. Libérée, presque heureuse. Elle n'avait jamais eu honte. Romain, lui, luttait. Il ne pouvait plus respirer. Elle lui mit les deux mains sur le visage et l'embrassa quand elle vit que finalement, son visage brillait tout autant dans la nuit.

Ce fut volé, illégitime, presque interdit. Ce fut subtil, silencieux et attentionné. Ce fut elle qui demanda sans mot. Il n'aurait jamais osé. Elle se défit de son manteau et lâcha ses cheveux. Il avait peur de comprendre. Elle lui défit les boutons de sa chemise un à un. Il se laissait faire. Il tremblait un peu, par soubresauts. Elle était si belle, si forte et tout autant fragile, humaine, naturelle. Elle fit glisser son chemisier et d'un geste discret dans le dos, mit ses seins à nu. Ils resplendissaient sous les dernières lumières de la ville, presque à la vue de tous, et ils n'en étaient que plus fiers et plus forts. Elle prit sa main et la posa sur sa poitrine, comme la toute première fois. Elle voulait lui plaire. Elle voulait qu'il l'aime, tout simplement. Juste une dernière fois. S'il te plaît. Je t'en supplie. Romain ne chercha pas à résister. Il se laissa glisser dans ses contradictions avec un délice profond. Il se défit de ses doutes et angoisses avec la facilité de l'homme qui les assume. Il aima Cécile avec toute la sincérité du monde, et elle lui en fut infiniment reconnaissante.

Ils mangèrent au beau milieu de la nuit. Le repas était froid. Elle s'était couverte d'un vieux pyjama et d'un pull à lui qu'il avait oublié dans l'armoire. « Celui-là, tu me le laisses » avait-elle dit en se le frottant sur le visage. « Il a ton odeur ». Elle ne pleurait plus. Elle cherchait juste à marquer le temps, à préparer l'avenir, pour quand elle serait seule. Elle était si sensible, finalement. Elle, la surdouée bénie des dieux allait passer les nuits prochaines le nez enfoui dans ce vieux pull de laine que Romain portait souvent pour traîner. Ils avaient faim. Il la servit avec gentillesse. Quand le moment fut venu, il parla. Il dit tout. Elle l'écouta sans presque l'interrompre. Il était sincère, honnête, droit. Elle mourrait de tristesse, mais elle appréciait qu'on lui montre autant de respect, jusqu'au bout. Elle rebondirait. Elle le savait, même si cette éventualité lui paraissait finalement si difficile à croire en cet instant précis.

Ils dormirent l'un contre l'autre. Un peu comme des amis qui se connaissent trop bien.

Au matin, quand elle se réveilla, il était là, assis à la table. Il était habillé. Il attendait dans l'obscurité sans bouger. Il ne voulait pas partir comme ça. Il vint près d'elle. Elle lui prit la main qu'elle caressa doucement. Elle se redressa pour le dévisager une dernière fois.

— Tu es gentil. Tu peux y aller, tu sais.

Il se leva, prit son sac et sa sacoche, et s'arrêta une seconde, la main sur la porte.

— Donne-moi de tes nouvelles, rajouta-t-elle.

— On se reverra, je te le promets. Je serai le premier de tes fans quand tu seras célèbre.

— Ne dis pas de bêtises… Allez, pars, je t'ai assez vu, vaurien.

Elle avait retrouvé toute sa superbe. Romain lui sourit. Il sortit enfin. Ses jambes tremblaient en descendant l'escalier.

26

Romain avait les mains froides à force de les laisser traîner dans l'eau. Il lavait des poireaux qu'il venait d'émincer avec une rigueur de géomètre. Une coupe nette et régulière, pour le plaisir et l'harmonie. De petits coups de couteau bien précis qui claquaient sur la planche de bois. Sur la gazinière, d'éphémères cubes de beurre mouraient sur la poêle dans un léger frémissement, un chuchotement de fond d'église. Romain y fit suer très lentement les copeaux de poireaux. Sa mère le regardait faire. Elle était appuyée sur le chambranle de la porte de la cuisine. Elle n'avait pas l'habitude de rester les bras croisés à contempler quelqu'un mettre le bazar dans ses couvercles et ses spatules. Mais son fils l'étonnait, en fait. Il s'y prenait bien. Avec calme et méthode. Il incorpora le riz qu'il fit mouiller après l'avoir fait dorer vivement. Une douce brume montait de la grande casserole. Elle réchauffait, elle embaumait. Elle annonçait un bon moment, tous les deux autour de la table, à savourer la vie à petits coups de fourchettes qui s'effaceraient dans leur bouche pour laisser place au plaisir.

On se sentait bien. Jeanne proposa d'aider un peu, en s'occupant de faire griller les tranches de pancetta dans une poêle avec l'huile d'olive. Romain lui adressa un de ces regards qui voulait dire « n'y pense même pas ». Elle aurait juste le droit de saupoudrer le risotto d'un peu de parmesan à sa convenance, dans son assiette. Elle n'insista pas. Elle était heureuse.

Ils avaient fait le marché le matin même. Romain s'intéressait à tous ces ingrédients qu'il connaissait peu ou ne se rappelait pas avoir déjà goûtés : le potimarron et les cardons, mais également le sabre et le haddock chez ce poissonnier qui haranguait les foules de ménagères exigeantes et donnait à ce petit marché de banlieue parisienne un air du Sud. Ils ne rentraient jamais sans acheter un éclair au café pour elle et une religieuse au chocolat pour lui, qu'il décapitait en chemin sous l'indignation de sa mère. Ils marchaient nonchalamment en se tenant par le bras.

Romain était maintenant inscrit à l'université pour la rentrée prochaine. Il deviendrait documentaliste. Il en avait discuté avec sa mère qui l'avait tout de suite encouragé. Pour rien au monde elle n'aurait voulu fragiliser cette détermination si nouvelle en lui.

Romain avait maintenant un travail à la bibliothèque Sainte-Geneviève. Il s'était battu pour l'obtenir. Se battre avait été une nouvelle expérience pour lui. Il fallait accepter l'idée que sa propre victoire était plus importante que la tristesse des autres. Il ne fallait pas trop penser à eux et c'était difficile pour Romain. Il n'était pas le plus diplômé, mais il était le plus motivé et il était disponible tout le temps. Il avait donc été choisi et y travaillait maintenant tous les après-midi, et parfois le samedi. On lui avait tout expliqué très vite, mais il y avait mis toute son attention. Il avait pris peu de notes. Il avait essayé de tout mémoriser au moment même où on lui expliquait. Il faisait répéter lorsqu'il n'était pas sûr. Il était sérieux. Et très rapidement, il s'était rendu utile.

— Bonjour.

Romain sentit son ventre se serrer. Il avait reconnu cette voix avant même d'oser relever la tête. C'était Hélène. Son Hélène. Celle qui le connaît depuis toujours. Elle était là, tranquille et souriante, face à son guichet de bois. Romain avait souvent imaginé ce moment. Il savait qu'Hélène répondrait un jour à sa lettre. Il espérait un rendez-vous, un mot d'espoir, quelque chose auquel il aurait pu se préparer. Il aurait choisi sa plus belle chemise, se serait bien rasé. Mais elle l'avait pris de court, elle était là, face à lui et à son tee-shirt mal repassé.

— Bonjour, jeune homme, reprit-elle calmement.

Il voulait parler, mais les mots ne venaient pas. Les bons mots, ceux qui font rire et qui masquent les peurs. Elle était là. Elle était contente de le voir et laissait le délicieux silence s'allonger. Romain s'aperçut qu'on l'épiait. Ses collègues l'observaient se débattre et rougir, amusés. Un de ses copains passa derrière lui et lui laissa une tape confraternelle sur l'épaule qui disait quelque chose comme « vas-y mon vieux, à toi de jouer, il va falloir que tu trouves un truc intelligent à dire ». Romain se sentait terriblement égaré et idiot. Elle le sauva gentiment en lui donnant du temps :

— Je vous ramène cet excellent ouvrage qu'un bon ami m'a fait parvenir par voie postale.

Elle le sentait troublé et en était comblée. Elle en profitait. Elle posa sur le bois du guichet le fameux *Spina Christi* que Romain avait bien cru ne jamais devoir revoir. Romain s'était refait une contenance. Il scruta le livre d'un œil faussement professionnel et demanda :

— Ah, c'est pour un retour ? Humm, il me faudrait votre carte de bibliothèque, Mademoiselle.

Hélène le trouvait plus sérieux avec ses cheveux coupés court. Plus ouvert encore. On voyait mieux son visage qui mûrissait si vite.

Elle se plia au jeu, et déposa sa carte sur le comptoir qui les séparait.

— Voilà pour vous, jeune homme.

Romain se saisit de la carte et en observa la photo en noir et blanc. Lui avait toujours eu un air de vieux fou sur ces photomatons. Hélène apparaissait fraîche et claire. Il lui fit signe de s'approcher et murmura à son oreille

— Waouh, beau sourire…

— Vous dites ça à toutes les jeunes étudiantes qui passent ici, je suppose…

— Détrompez-vous, vous n'êtes que la quatrième aujourd'hui, lâcha Romain, espiègle, mais radieux.

Il savourait cette conversation. Il y a des complicités qui ne craignent ni l'épreuve du temps ni celle des distances. À ce moment-là, le chef du bureau passa derrière Romain.

— Romain, je te propose que tu ailles faire le clown ailleurs. Va donc offrir un café à ton amie.

— Ce n'est pas ma pause avant encore vingt minutes, s'inquiéta Romain.

— Je te la donne, ta pause, pauvre idiot. Allez, ne perds pas de temps, vous avez apparemment des choses à vous dire et je ne crois pas que ça concerne tout le monde autour. N'est-ce pas ?

Le chef avait prononcé les derniers mots en se retournant vers tous les collègues de Romain qui avaient arrêté de travailler pour mieux suivre cette conversation, de loin la plus excitante de la journée. Romain prit sa veste, ramassa *Spina Christi* et saisit la main d'Hélène pour l'emmener dehors.

Ils y passèrent deux heures. Leurs doigts se croisaient au milieu de la table et leur thé refroidissait. Romain allait certainement recevoir un vrai savon du chef, mais c'était un bien modeste prix à payer pour ces minutes volées au destin. Il lui dit tout. Tout ce qu'il n'avait pas pu écrire dans le train. Tout ce qu'il avait sur le cœur. Hélène l'écoutait. Elle lui trouvait une énergie nouvelle. Quelque chose de fort dans la voix. Il était plus vieux, et ça lui allait si bien. Il la fixait droit dans les yeux quand il parlait. Il était direct. Elle ne voulait pas qu'il s'arrête. Ils étaient heureux. Tous les deux.

27

Ce fut la mère de Romain qui décrocha. On demandait son fils, monsieur Romain Vaudet. Ça avait l'air officiel, sérieux. L'université peut-être.

Elle appela Romain qui débarrassait les bols et les couverts du petit-déjeuner dans la cuisine. Nous étions à la fin du mois d'avril. Il était peu après neuf heures.

— Allô oui ?

— Oui, bonjour, Monsieur Romain Vaudet ? s'enquit une voix de femme au téléphone

— Oui, c'est moi.

— Voilà, excusez-moi de vous déranger, je me présente, je suis Josiane Carnot et je suis la directrice du Centre de Datation par le Radiocarbone à Lyon. Je me permets de vous appeler, car nous avons un problème.

Madame Carnot paraissait sérieuse, professionnelle. Sa voix était tendue, imperceptiblement hésitante. Elle avait apparemment quelque chose d'important à partager. On n'appelle pas exactement à neuf heures du matin pour rien. Romain crut comprendre.

— Vous avez les résultats, déjà ? On m'avait dit trois mois minimum et…

— Non, en fait, Monsieur Vaudet, je suis confuse, mais c'est autre chose. Voilà, c'est ennuyeux, nous ne pouvons pas faire l'analyse.

— Pourquoi ?

— Voilà, nous avons malencontreusement égaré votre échantillon.

Romain resta interdit un instant.

— Pardon ? Comment ça, égaré ? Je ne comprends pas.

— Votre échantillon est introuvable. Ce n'est qu'en fin de semaine dernière que notre laborantin devait procéder à l'extraction du carbone de votre échantillon, le FR7102-455 si je ne me trompe pas. Mais au moment d'ouvrir la boîte, elle était vide. Depuis vendredi dernier, on recherche partout. Je suis même revenue au labo ce dimanche pour chercher plus calmement avec d'autres employés, mais on n'a rien trouvé. En cinq années de fonctionnement, ça ne nous est jamais arrivé. Je suis terriblement confuse. Je…

Romain s'était préparé à voir son épine disparaître, mais il s'attendait à recevoir quelque chose en échange, une réponse, une date. Il l'interrompit.

— Écoutez. Je ne comprends pas. J'ai laissé mon échantillon à votre chercheur italien, Milo Giordano. Qu'est-ce qu'il en dit ?

— Justement, c'est également ça le problème.

Josiane marqua une pause. Il semblait bien qu'elle n'avait pas tout dévoilé. Elle reprit finalement.

— Monsieur Giordano a disparu aussi.

Le reste de la conversation fut des plus confus.

Josiane excluait catégoriquement que son chercheur fût parti avec l'épine. Romain, lui, hésitait encore à qualifier son épine de « volée » par pure politesse, et aussi parce que cette image collait mal avec celle qu'il avait eue de Milo. Posé, respectable, mais il est vrai que l'on ne connaît jamais les gens en une seule rencontre, en quelques mots. Finalement, l'idée du vol faisait son chemin, si improbable soit-elle. Il avait questionné Josiane.

Milo avait pris un congé pour quelques jours en fin de semaine dernière pour raison personnelle. Cela ne surprit personne, car nul n'ignorait que sa mère était très malade et luttait contre un cancer. Mais il aurait dû rentrer ce lundi et restait injoignable.

On s'inquiétait pour lui et pour sa maman.

Romain était blessé. Il avait été volé, trompé, usurpé. Il était venu dans la cuisine pour partager tout ceci avec sa mère qui s'indignait de même. Ce n'est pas très sérieux de leur part, tout de même. Ils pourraient faire attention. Avec toutes les études qu'ils font pour en arriver là. C'était bien la peine. Romain s'agitait. Il laissait par moments échapper de larges gestes et parfois ses deux mains montaient à son visage, se perdaient dans ses cheveux. Il parlait, et plus il parlait, plus il la sentait monter, grossir. Elle pointait ses accents toniques au détour de certains mots plus secs que d'autres. Elle forçait des points d'exclamation à la fin de ses phrases. Elle dessinait un mauvais rictus sur le rebord de ses lèvres qui se durcissaient. Il avait tout fait pour l'ignorer. Ce n'était pas son habitude. Il savait rester calme, d'ordinaire. Mais elle gagnait, elle se répandait en lui. C'était une colère sourde. Elle s'était installée au creux de sa gorge et de là, gagnait son être. C'était une colère légitime. Elle lui gagnait la raison, elle coulait dans les méandres de sa logique comme une rivière de printemps, fougueuse et puissante. Elle voulait exploser. Elle voulait se répandre en éclats de voix forts et sales. Elle voulait sonner dans les airs, glisser sur la toile cirée et souillée pour rebondir sur les murs jaunes.

Mais il n'y avait personne. Que sa mère qui sortait les épinards afin de les préparer pour le dîner, sa mère qui supportait si mal le courroux des hommes et les voix qui tonnent. Romain respecta son calme et alla libérer ses mauvais mots dans le fond du jardin.

Le lendemain matin, Romain appela Hélène. Ils se retrouvèrent au café le midi, avant que Romain ne rejoigne son travail à la bibliothèque. Autour de deux croque-monsieur en guise de repas, Romain partageait sa frustration. Hélène, elle, écoutait et réfléchissait. Romain, lui, ne voyait pas plus loin que le bout de sa colère.

— J'en suis sûr. Je te le dis. C'est cet Italien qui est parti avec. Il m'a fauché mon épine, cette crapule.

— Et pourquoi aurait-il fait ça, Romain ?

— Pour la vendre ! Parce qu'il a besoin d'argent comme tout le monde et que c'est un trésor qui a de la valeur... Je suis sûr que quelqu'un de très croyant donnerait une bonne somme pour mon épine.

Romain s'était convaincu tout seul. Dans son monde bâti sur la déception et la colère, tout s'agençait merveilleusement, tout coulait de source. Romain était abattu.

— On ne peut faire confiance à personne, reprit-il lentement, le nez plongé vers son gruyère grillé.

Le bar se remplissait. Hélène pensait, le menton dans la paume de la main, le coude planté sur la table. Autour d'elle, les serveurs tournoyaient entre les tables pour servir les impatients, un plateau et un torchon au bras. Elle ne partageait pas les certitudes de Romain.

— Écoute, ça ne tient pas debout. Tu m'as dit toi-même qu'il avait l'air très bien…

— C'était juste une première impression, ça ne vaut rien. C'est un fourbe qui cache bien son jeu avec son accent de pizzaïolo.

— Honnêtement, comment veux-tu qu'il vende un bout de bois sans aucune preuve d'authenticité ? reprit Hélène.

Elle venait de trouver l'argument clé. Elle continua.

— Si j'ai bien compris, pour faire le test au carbone 14, il faut la détruire, d'accord ? Et sans la détruire, il ne peut y avoir de preuve de son authenticité, et ton épine ne reste qu'une modeste épine d'arbuste. Difficile de gagner beaucoup d'argent avec ça.

Romain devait se rendre à l'évidence. Son hypothèse ne tenait pas le test d'une réflexion posée.

— Oui… Peut-être… Mais ça m'énerve. Je ne vais pas rester les bras croisés.

Ils finirent leurs croque-monsieur et Hélène poussa Romain à commander deux desserts au chocolat. Ils en avaient bien besoin, avait-elle dit en souriant. Elle connaissait ses faiblesses. Aussi bougon soit-il, il ne pourrait y résister.

Romain se détendait quelque peu. Le fondant au chocolat cédait sous la tranche de la fourchette dans une douce fermeté et libérait sur sa langue son arôme puissant. Il appréciait le dessert, mais restait soucieux pour son épine, inquiet même, car par moments lui venait l'idée que c'était fini, qu'il ne la reverrait plus et qu'il n'aurait toujours pas de réponse. Une partie de lui le poussait à tout arrêter, à ne plus se soucier de cette histoire qui lui avait fait gaspiller tellement de temps dans sa vie, et qui avait failli lui faire perdre celle à qui il tenait le plus au monde. Elle était là, à présent. Elle était avec lui, assise de l'autre côté de cette table bancale, avec son chemisier blanc, son déhanchement et ses mains fines. Surtout, il ne fallait plus la perdre. Mais il y avait Locmaria, encore, et Pierre, son grand-père. De son temps, on ne connaissait pas le carbone 14. Romain était le premier de cette génération de gardiens de l'épine à pouvoir élucider le mystère. Il n'allait pas laisser passer cette occasion sans se battre.

— Je vais y aller, dit soudainement Romain, ayant à peine fini la dernière bouchée de son dessert. Je vais aller la chercher, où qu'elle soit !

Hélène le fixa. Elle tendit le cou vers lui en plissant le regard d'un air mutin, et répondit calmement :

— Je viens avec toi.

Romain sourit.

— Mais tu ne sais même pas où je veux aller !

— Je m'en moque. Complètement. Je t'ai perdu quand tu es parti à Dublin. Maintenant, je ne te lâche plus.

Hélène se sentait femme, amoureuse, conquérante, charmeuse. Elle se leva, s'essuya la bouche avec sa serviette en papier qu'elle prit soin de replier calmement, et reprit en souriant gentiment :

— Et puis en plus, tu es perdu sans moi…

Elle se dirigea vers la sortie au travers du brouhaha ambiant. Romain la suivit.

Ils marchaient nonchalamment vers la bibliothèque où Romain allait devoir travailler pour l'après-midi. Hélène regardait juste devant elle. Elle restait silencieuse. Elle tentait de s'imaginer à la place de ce chercheur pour mieux comprendre ce qu'il aurait pu faire de l'épine de Romain. Romain, lui, pensait à son prochain départ.

— On va aller à Lyon, chez ma sœur, et on va aller au labo.

— Pour quoi faire ?

— Pour… euh, comment dire… pour être sûrs qu'ils ont bien cherché. Et si Milo Giordano n'est toujours pas rentré d'avoir été voir sa mère en Italie, je vais leur demander son adresse.

— Ils ne te la donneront jamais. Ils n'en ont pas le droit, objecta-t-elle.

Romain marchait au-devant, les doigts enfouis dans

les poches de son jean, trop étroites pour y mettre les mains en entier. Hélène respirait l'air frais de cette journée printanière. Le soleil était généreux et elle gardait son pull au bras.

— Tu irais jusqu'en Italie pour ça ? demanda-t-elle, curieuse.

— Tout à fait, répondit avec assurance Romain. Je ne vais tout de même pas rester les bras ballants en espérant qu'un beau jour, dans le meilleur des cas, le CNRS m'envoie un courrier d'excuses officielles et un bon de réduction sur ma prochaine demande de datation.

— Et tu m'as dit que…

Hélène s'était arrêtée au beau milieu de sa phrase. Elle avait cessé de parler et de marcher exactement dans le même temps. Certaines idées, dans leur violence, vous coupent le souffle et les jambes. C'est un éclair, une transparence, une clarté fragile, un espoir. C'est une joie également, frêle au début, entachée de doutes et couverte par endroits de lourds brouillards qu'il faut dissiper. Il faut reprendre depuis le début, il faut refaire le chemin, doucement, sûrement, le même chemin que celui que l'on vient d'entrevoir dans cet instant volé au futur. Il faut le refaire pas à pas, pour être sûr de chacun d'entre eux et ne pas se réjouir trop vite. Hélène avait vu. Elle avait senti. Elle avait été emportée. Ce fut furtif, mais puissant. C'était tellement évident.

— Qu'est-ce qu'il y a ? demanda Romain, impatient.

— Attends… Attends…

Romain s'arrêta sur le trottoir, deux pas au-devant d'elle. Il voyait ses pupilles osciller de droite à gauche, sans se fixer sur rien autour. Elles étincelaient plus fort que le soleil sur les pare-brise des voitures. Il la voyait tendue, fébrile. Elle cherchait. Il fallait ne rien dire. Il fallait attendre, si impatient que l'on puisse être de rejoindre son monde. Vouloir y entrer trop vite, avant qu'il ne soit fini d'être construit, c'était risquer de tout briser, de rompre la magie avant que tout ne soit bien ficelé. Elle s'était repliée sur elle-même d'un coup, dans l'urgence. Elle devait réfléchir, elle avait senti ce besoin impérieux la prendre tout entière, dans l'instant même où cette chance lui était donnée. Il ne fallait pas risquer de perdre ce fragile fil de lumière. Elle s'y accrochait comme si sa propre vie en dépendait. Elle le chérissait, l'adorait, le solidifiait. Elle tissait tout autour de plus solides liens. Et son travail payait. Le fil s'épaississait, le chemin s'éclaircissait. Il menait bien quelque part. Encore deux petits points. Oui. Hélène remontait le regard vers Romain. Oui, c'est ça. Elle le planta dans le sien et Romain crut deviner le début d'un sourire se dessiner sur son visage de fée. Un léger sourire qui s'affirmait déjà et rajoutait à la lumière de son visage, resplendissant de malice. Elle avait bientôt fini. Elle se détendait. Oui, c'est bien ça. C'est incroyable. Elle passa ses doigts dans ses cheveux pour se recoiffer. Elle souriait largement, maintenant.

— Romain, je crois que tu as raison.

— Sur quoi ?

— Ton épine est bien avec Milo Giordano.

Romain la laissa continuer.

— Mais il ne te l'a pas volée. Il veut te la rendre.

— Comment ça ? Explique-moi.

Hélène indiqua son sac.

— Le livre que tu m'avais envoyé avec ta lettre, tu l'as sur toi ? Tu l'as ici ?

— *Spina Christi* ? demanda-t-il

Hélène acquiesça. Romain était inquiet. Ce maudit livre avait été depuis toujours une extraordinaire source de temps perdu.

— Tu sais, ce livre, c'est une grosse blague, précisa-t-il tout en le sortant du sac.

— Je sais, dit Hélène en s'en emparant. Mais il faut reconnaître qu'il y a là un gros travail de recherche. Les gens qui ont fait cette blague à ton grand-père ne le sous-estimaient pas. Il n'était pas de ces gens faciles à berner. Il y a beaucoup de bonnes choses ici.

Elle feuilletait le petit ouvrage. Elle l'avait apparemment lu, ou au moins parcouru avec curiosité et attention. Elle s'arrêta vers le milieu, vers la page quarante ou quelque chose comme ça. C'était dans la partie où le livre parlait de l'épine et de la littérature. Elle fit glisser son index sur le papier terni et s'arrêta pour souligner un mot. Elle retourna *Spina Christi* pour que Romain puisse lire.

— Blaise Pascal ?

— Lui-même. Allez, continue, suggéra Hélène.

— Les *Pensées* de Pascal. Dans la partie des dossiers mis à part lors du projet de juin 1658.

Romain cessa de lire et releva les yeux.

— Pascal a parlé de mon épine ? interrogea-t-il.

— De la tienne, je ne suis pas sûre, mais j'ai étudié Pascal à la fac, et je crois que je me souviens de cette partie. On en avait bien débattu en classe. C'est une histoire avec sa nièce. Mais je ne me souviens plus bien. Il faudrait que l'on recherche dans son livre.

— On peut vérifier à la bibliothèque ! s'exclama Romain. Allons-y ! D'ailleurs, je suis en retard pour mon boulot !

Il prit Hélène par la main et l'entraîna dans sa course. Elle le suivit en riant. Ils étaient portés par leur mystère. Ils se sentaient aventuriers. Ils n'avaient jamais été aussi proches. Ils étaient ensemble.

Ils arrivèrent essoufflés à l'entrée de la bibliothèque Sainte-Geneviève. Le chef de l'accueil vit Romain et tapota de l'index sur sa montre. Romain lui fit signe qu'il en avait pour cinq minutes, pas plus, promis, et suivit Hélène qui disparaissait déjà à la recherche du fameux ouvrage.

Il ne leur fallut que peu de temps pour le trouver. C'était un ouvrage majeur, mythique, sage. Romain était impressionné. Pensées. Pascal. Ces deux mots sur la couverture donnaient au livre un aspect pur, initial, essentiel et fondateur. Le tenir dans ses mains, c'est une opportunité de s'arracher du quotidien, de grandir un peu. L'ouvrir, c'est vaincre sa peur de ne pas être à la hauteur, de ne pas comprendre. Romain ne se sentait pas à son aise. Il laissait Hélène manipuler l'œuvre qu'elle avait déjà étudiée et naviguer vers la table des matières. Elle retrouva le passage concerné. Ils se courbèrent l'un près de l'autre pour lire ensemble, presque joue contre joue, les lignes de Pascal.

« Voici une relique sacrée. Voici une épine de la couronne du Sauveur du monde, en qui le prince de ce monde n'a point puissance, qui fait des miracles par la propre puissance de ce sang répandu pour nous. Voici que Dieu choisit lui-même cette maison pour y faire éclater sa puissance.

Ce ne sont point les hommes qui font ces miracles par une vertu inconnue et douteuse qui nous oblige à un difficile discernement, c'est Dieu même ; c'est l'instrument de la Passion de son fils unique qui, étant en plusieurs lieux, a choisi celui-ci et fait venir de tous côtés les hommes pour y recevoir ces soulagements miraculeux dans leurs langueurs. »

Le texte du célèbre philosophe et physicien était annoté dans l'édition qu'ils avaient en main. Hélène retrouva ce qu'elle cherchait depuis tout à l'heure dans la rue.

— C'est ça. C'est Marguerite Périer, la nièce de Pascal. Tu vois, Romain. Et quand Pascal parle de « cette maison » dans son texte, il pense à la chapelle de Port-Royal, ici, à Paris.

— Et il s'est passé un miracle ? s'enquit Romain

— Oui, le 24 mars 1656. Il y a le détail ici, répondit Hélène en indiquant le bas de la page. La nièce de

Pascal, la fille de sa sœur Gilberte, y a été guérie d'une fistule lacrymale purulente dont elle souffrait depuis trois ans et demi. Les plus habiles chirurgiens de Paris qui avaient vu l'enfant auparavant avaient jugé la pustule de si mauvaise qualité qu'elle en était incurable. Selon eux, Marguerite était promise à une mort prochaine. Je suppose que tu devines comment elle a été guérie ?

— Grâce à une épine !

Romain se reprit. Il avait parlé trop fort et essuya quelques regards agacés.

— Exactement, continua Hélène. Marguerite Périer fut guérie par l'attouchement d'un reliquaire contenant une épine de la couronne du Christ. La maîtresse des pensionnaires, la sœur Flavie Passart, appliqua la relique sur le mal. Quelques heures après, l'enfant se déclarait guérie et la guérison persista. Des chirurgiens et des médecins confirmèrent. On parlait de miracle. Quelques mois plus tard, l'archevêché de Paris entreprit une enquête. Ils interrogèrent Marguerite et d'autres témoins, dont Pascal faisait partie. Le 22 octobre, une sentence d'approbation fut rendue. On parle maintenant officiellement du miracle de Port-Royal.

— C'est incroyable, murmura Romain en s'asseyant sur le sol. J'ignorais tout ça.

— Justement, Romain, ajouta Hélène en s'accroupissant à ses côtés, je pense que Milo Giordano ne l'ignorait pas. Il avait certainement lu Pascal. Tu m'as bien dit qu'il était retourné en Italie, car sa mère est très malade ?

Romain confirma. Il comprenait finalement. Hélène continua.

— Eh bien ton épine, Romain, je crois qu'elle est quelque part dans une chambre d'hôpital en Italie en train de retenter le miracle de Port-Royal.

28

Un miracle. Tout simplement.

Et si ce n'était plus une question d'y croire ou pas ? Et si les miracles faisaient réellement partie de notre monde, de notre histoire ? Tout s'écroule alors. La dure intransigeance du monde s'efface, battue par cette force supérieure, bienveillante et salvatrice. Une épine ensanglantée et les règles sont changées. Les médecins sont reniés et les savants réduits à de pauvres pantins ébahis. Tous ceux qui savent, qui prônent que certaines causes entraînent certaines conséquences, sont bafoués. Le miracle arrive dans sa lumière salutaire et chamboule tout, inverse les rôles. Le miracle nous donne raison, à nous, les stupides, les battants, les jusqu'au-boutistes. Il y a donc toujours de l'espoir, même quand il n'y a plus de vie. Le miracle est là, à portée de main, dans une sombre boîte de bois tendre, prêt à surgir et à libérer son souffle divin. On peut tous être sauvés.

Romain avait le tournis. Il n'avait jamais bien prêté attention à son épine. Il l'avait longuement ignorée, souvent presque perdue, trimbalée dans sa poche de veste, sauvée de justesse de la lessive. Il l'imaginait maintenant luisante, gorgée de puissance, chargée d'une lumière bienfaisante prête à se donner et à effacer la douleur du monde. Elle le terrifiait à présent. Il se demandait même si elle n'avait pas pu avoir un effet sur lui, sur sa santé, sur son moral. Toute cette puissance irradiante si près de son cœur. Ce soir-là, il se coucha inquiet et dormit dans une sueur tiède.

Les jours passaient. Romain avait repris sérieusement son travail à la bibliothèque et se faisait un point d'honneur d'arriver en avance. Il voyait Hélène presque tous les jours, surtout le midi. Elle se rendait disponible, et arrivait vers lui, éternellement souriante. Les fondants au chocolat étaient bien savoureux à ses côtés.

Ils parlaient de l'épine, parfois, et Hélène avait senti le changement. Au début, Romain avait bu l'histoire de Marguerite Périer d'un seul trait, sans ombre ni doute, dans une douce béatitude, hypnotisé par la magie mystique du miracle de Port-Royal et par l'aura des mots de Blaise Pascal. Mais au fil des jours, il devenait plus critique. Il y avait toujours une autre façon de voir les choses. Une vision plus retirée, plus posée et sceptique. Elle prenait peu à peu possession de lui et lui assombrissait le regard. Il doutait. On pouvait toujours douter.

Ces miracles étaient tellement tentants. On a tous besoin d'une vengeance sur le destin qui nous accable au fil de nos vies cabossées. Y croire, c'est se laisser glisser dans un doux coma collectif, une torpeur bienfaisante. Mais Romain faisait face. Tout ceci n'est que mirage et tromperie. Ce n'est que du vent, un vent mauvais fait pour nous aider à avaler les souffrances de l'existence jusqu'à la dernière seconde. Mais il faut savoir rester droit et fier. Romain voulait se battre. Il n'avait besoin de personne. Il ferait face et Milo Giordano, scientifique émérite, devait faire de même. Il ne fallait pas céder au charme, au doux leurre du miracle. On ne part pas combattre le cancer, fléau international, avec un bout de bois sec dans un sachet plastique. C'est stupide, mais pire, c'est dangereux.

Romain était entré dans la cuisine. Sa mère Jeanne préparait une tourte au poulet et petits pois. Quelque chose de rapide et tout simple, comme elle aimait à dire. Une lumière chaude traversait le voile de dentelle de la fenêtre en face d'elle et mouchetait de clarté son tablier et ses mains déjà vieillies. Elle ne l'avait pas entendu arriver. Elle était en paix. Elle baignait dans un silence simple, avec sa pâte collante et ses mains blanches de farine. Elle s'arrêtait par moments pour dégager d'un revers du poignet les quelques mèches de cheveux qui lui gênaient les yeux. Elle était douce, simple, heureuse et Romain se gorgeait avec délice de cette image paisible et rassurante.

Une chambre d'hôpital blafarde. Un néon qui a claqué. Un lit aux barreaux métalliques.

Romain baissa le visage. Sa mère cuisinait devant lui, juste à quelques mètres. De la farine légère volait dans la lumière qui perçait la fenêtre.

C'était une chambre d'hôpital aux draps froids. Des cathéters tombaient du mur et se déversaient dans les corps blessés. C'était une terrible chambre avec deux lits, un maigre rideau tiré entre eux. Deux souffrances, deux gémissements dans les nuits sans sommeil. Deux mâchoires serrées pour tenir encore, pour y croire encore un peu, pour oublier cette brûlure à l'acide dans les entrailles.

Romain s'avançait dans la cuisine et tira une chaise à lui. Son regard faiblissait. Sa mère se retourna et lui adressa un mot doux qu'il n'entendrait pas.

Il était en Italie. Oui, il entrait dans une chambre d'hôpital en Italie. C'était le soir, la nuit presque. On ne sentait pas sa présence, mais lui entendait très nettement ces larmes qui roulent sur de ternes joues. Même dans ce pays si doux, aux arômes d'origan, on pleurait parfois en silence la nuit pour oublier ce que le médecin avait dit le matin même, pour oublier cette mort promise. Oui, dans cette chambre, on se laissait doucement aller à croire au miracle, car c'était tout ce qu'il nous restait. Romain se releva. Il s'appuya sur la table, et sans mot, alla mourir un peu dans les bras de sa mère qui le serra fort, sans même avoir eu le temps de s'essuyer les mains.

Le lendemain, Hélène trouva Romain fort soucieux. Amoureux, aussi. Il la serra tendrement contre lui quand ils se virent. Elle le laissa s'asseoir. Il se pencha vers elle.

— Il faut qu'on aille en Italie.

— En Italie ? s'étonna Hélène. Pour voir Milo ?

— Oui. J'ai peur… J'ai peur pour Milo et pour sa mère. J'ai peur que ce soit de ma faute, tout ça. Il faut empêcher Milo de faire une grosse erreur.

— Quelle erreur ?

— Qu'il sorte sa mère de l'hôpital, qu'il arrête les traitements, je ne sais pas… J'ai peur qu'il soit hypnotisé par l'épine et qu'il n'y mette trop d'espoir.

Hélène comprenait. Elle réfléchit un instant.

— Tu penses qu'il y croit ?

— Quand j'étais dans son labo à Lyon, je suis sorti et j'ai laissé *Spina Christi* sur son bureau. Je ne peux pas m'empêcher de penser qu'il l'ait parcouru, au moins rapidement. Je ne lui ai jamais dit que ce livre était une pure invention.

— Il n'est pas fou, quand même, objecta Hélène. C'est quelqu'un de posé, d'après ce que tu m'as dit.

Romain lui prit la main avec tendresse.

— Ma chérie, si ta maman était à la place de la sienne en ce moment, tu aurais toutes les raisons de devenir folle tout autant.

Hélène croisa le visage de sa mère une seconde dans le reflet de la vitre. Elle comprit. S'il y avait le moindre espoir, la folie serait juste un détail négligeable, un arrangement à trouver avec son esprit critique. Elle le savait déjà. Elle y croirait de toute son âme. Romain reprit :

— Hélène, mon épine, c'est une blague depuis le début. Il n'y a rien. C'est un conte de fées. Si on garde son calme deux minutes, on le sait tout de suite. Après toutes ces recherches, je n'ai jamais rien pu trouver. Mon grand-père non plus, d'ailleurs. Le problème, c'est qu'elle a croisé le chemin de Milo et qu'il est malheureusement plus fragile que nous, en ce moment. Je ne peux pas le laisser comme ça. C'est dangereux. Romain marqua un temps. Hélène l'écoutait calmement. Elle semblait partager son opinion.

— Je pense que tu as raison, mais on ne sait même pas où aller en Italie. Des hôpitaux pour traiter les cancers, il y en a sûrement des dizaines dans tout le pays.

Romain se recula sur sa chaise.

— Moi je sais où il est. Je ne suis pas complètement sûr, mais je crois que je sais.

Hélène ne cacha pas son étonnement et le laissa finir.

— Je crois qu'il est à Turin. J'ai vu ses diplômes dans son bureau, ils viennent tous de Turin. Il y avait des trophées de course à pied, d'ailleurs. Certains étaient datés de janvier de cette année. Je me souviens m'être fait la remarque que c'était juste un mois avant que je sois là-bas.

— Tu es sûr ?

— Non, ma chérie, je ne suis pas sûr. Mais on ne soigne les cancers que dans les grands hôpitaux, et il n'y en a certainement pas plus que deux ou trois à Turin.

Hélène était impressionnée par la foi de Romain,

par son énergie et son envie d'aider. Elle se doutait bien que ce ne serait pas si facile de retrouver la mère de Milo en Italie. Mais les chances n'étaient pas nulles. Il fallait y croire un peu, se laisser porter.

Romain lut dans ses yeux que c'était gagné.

— On part demain.

— Demain ? s'étrangla Hélène. Demain, c'est vendredi, j'ai cours, et…

— Hélène, mon amour, s'il te plaît, fais une bêtise pour une fois. Tu vas manquer les cours et on part demain. Fais-le pour moi.

Hélène résista encore quelques minutes, mais l'enthousiasme de Romain et la naïveté de sa démarche finirent de la convaincre de le suivre.

— C'est d'accord. On y va, mais à une seule condition. Tu appelles ce soir le labo de Lyon et tu demandes Milo Giordano. D'accord ? Je ne veux pas faire tout ce trajet s'il est déjà rentré.

Romain acquiesça. Il prit la main d'Hélène au travers de la table et y déposa un baiser.

29

Elle était là, sur le quai. Elle avait un petit sac. Juste ce qu'il fallait pour deux ou trois jours. On était vendredi, très tôt le matin. Elle ressentait une légère excitation au creux du ventre, à la fois liée à l'appréhension du voyage et au fait qu'elle allait manquer toute une journée de cours, chose qui ne lui était jamais arrivée. Il apparut finalement, presque en retard, essoufflé, mais excité comme un enfant. Il bouillait d'énergie. Il la prenait par la taille et la couvrait de baisers. Ce qu'ils étaient sur le point de faire était une bonne chose. Ils en étaient tous les deux intimement convaincus.

Le trajet en train jusqu'à Turin fut extraordinairement long. Des milliers d'arbres passèrent devant leur fenêtre. Des millions, peut-être. Des champs à perte de vue. Des maisons et des fermes isolées où la vie s'écoule au rythme des saisons. Des villes aussi, où le train s'arrêtait parfois. Certains passagers descendaient, d'autres arrivaient, le visage rougi et le souffle court. On les observait monter. On imaginait leur vie. Le temps passait dans son infinie nonchalance.

Le soir d'avant, Romain avait appelé le labo. Milo n'était toujours pas revenu. Tout le monde était très inquiet, à présent. Il avait parlé à la directrice, Josiane Carnot. Ils n'avaient toujours pas retrouvé l'épine, mais continuaient de chercher. Romain avait essayé d'obtenir l'adresse du chercheur en Italie, sous le prétexte maladroit de lui envoyer un courrier, mais elle s'excusa de ne pas pouvoir divulguer ce genre d'information.

— Ce n'est pas grave, s'exclama Hélène en souriant. Ça aurait été bien trop évident, avec l'adresse ! Il n'y a rien de mieux qu'un peu de difficulté pour rendre l'aventure plus excitante.

Elle appuya sa tête sur l'épaule de Romain qui laissait ses pensées courir derrière les collines, très loin derrière leur fenêtre. Il pensait à Milo, à sa mère et à leur souffrance.

Ils arrivèrent au petit matin. Ils avaient dormi un peu dans le train, mais la fatigue du voyage tirait leur visage. Ils avaient changé de train dans la nuit à Chambéry, puis à Modane. Ils étaient maintenant sur le quai de la grande gare de Porta Susa, en plein centre de Turin, un peu perdus, hagards, hésitants, les bras ballants et leurs sacs au sol. Finalement, ce n'était pas si simple.

Ils se regardaient. Hélène fut la première à retrouver le sourire. Ils avaient faim. Il fallait manger, tout serait plus clair ensuite. Ils s'assirent au restaurant de la gare où on leur servit deux minuscules cafés qui leur rendirent leur conscience. On les renseigna. Un des plus grands hôpitaux de la ville était celui de San

Giovanni Battista, que tout le monde connaissait ici sous le nom de Molinette. Il n'était pas très loin, sur le Corso Bramante. Il y en avait d'autres, comme celui d'Amedeo di Savoia, ou Maria Adelaide, mais on pourrait leur donner la liste complète à l'accueil de Molinette.

Ils n'eurent pas de difficultés à trouver l'entrée du grand hôpital de San Giovanni Battista. Il y avait beaucoup de monde dans le hall d'entrée. Des visages soucieux, accablés. Des regards humbles et des sourires polis. Certains parlaient un peu à l'écart, les mains serrées autour d'un gobelet de plastique blanc. D'autres languissaient sur des fauteuils vieillis, les bras croisés sur le cœur, repliés sur eux-mêmes. Ils semblaient implorer le destin en silence. Peut-être même priaient-ils.

Romain les voyait tous. Il sentait leur souffrance. Il croyait les connaître. Il aurait voulu s'approcher de ceux qui luttaient et les serrer très fort contre lui, sentir leur cœur battre contre le sien. Il aurait voulu les encourager, redonner de l'espoir à leur visage terne. Il souffrait comme eux et se dit qu'il ne tiendrait pas longtemps ici.

Hélène s'était avancée vers le guichet d'accueil. Quand vint son tour, une jeune femme pressée mais souriante lui adressa la parole tout en rangeant ses papiers.

— Buon giorno.

Hélène ne parlait pas italien, Romain non plus,

d'ailleurs. Dans la ferveur et l'enthousiasme de leur voyage, ils s'étaient dit qu'ils verraient une fois sur place, qu'ils se débrouilleraient bien avec les quelques mots lus dans leur dictionnaire de voyage. Le moment de se débrouiller était maintenant venu. Il leur faisait même face à présent, avec son doux sourire, sagement campé derrière le guichet de cet hôpital. Hélène hésita une seconde, puis se lança finalement.

— Euh… Buon giorno. Signora Giordano, per favore.

On sembla la comprendre. L'hôtesse d'accueil vérifia dans les registres.

— Giordano… Un minuto prego… Francesca Giordano o Suzanne Giordano ?

Hélène se retourna vers Romain. Il y avait deux personnes du nom de Giordano à l'hôpital. Francesca et Suzanne. Romain réfléchissait. Milo parlait si bien le français. Il travaillait en France. Sa mère était peut-être une Française ayant épousé un Italien.

— Suzanne… Suzanne Giordano, per favore, dit Romain

— Si… Appartenete alla famiglia ?

Même sans parler italien, Hélène avait compris. On ne leur donnerait pas le numéro de la chambre s'ils n'étaient pas de la famille. Elle répondit non calmement, de la tête. Il n'y a que les médecins qui, pour donner un peu d'espoir, ont le droit de mentir dans un hôpital. L'hôtesse d'accueil haussa les épaules en signe d'impuissance. Ils la remercièrent simplement et retournèrent s'asseoir.

Ils en savaient suffisamment. Une certaine Suzanne Giordano était patiente ici. Ce qui n'était au début qu'une idée saugrenue devenait de plus en plus réel. Romain était convaincu qu'il s'agissait de la mère de Milo. Il fallait attendre ici, dans l'espoir de le voir rendre visite à sa mère.

Romain avait tout lu. Tout ce qui traînait. Tous ces magazines sur la vie des autres, des grands et des riches. Chiffonnées, déchirées par endroits, les pages avaient été torturées par des centaines de mains anxieuses. Cet endroit était pesant. Hélène se reposait calmement. Romain tenait difficilement en place. Il se levait par moments et sortait pour échapper à l'air sec et aseptisé de la salle. Il observait les quelques arbres du parking comme de ténues preuves de vie et d'espoir. Il était tourmenté.

Il attendait Milo. Parfois, il croyait le voir. Un jeune homme fatigué et mal rasé. Non, ce n'était pas lui. Il ne savait pas ce qu'il lui dirait lorsqu'il le verrait. Il lui prendrait peut-être le bras. Il ne voulait pas lui faire peur. Il voulait lui dire pour son épine. Tu sais, Milo, tout ça, ce ne sont que des bêtises, des facéties, des jeux de l'esprit pour ceux qui n'ont rien d'autre à faire. Mais ce n'est pas pour toi, Milo. Non, ce n'est pas pour ceux qui doivent affronter la douleur de la vie dans toute sa vérité. Non, Milo, il ne faut pas que tu te laisses prendre. Tu vaux mieux que moi. Tu as fait toutes ces études. Tu dois faire face. Ne te perds pas dans ces faux espoirs. Tout ceci est de ma faute. Je me sens petit et idiot. Je vous fais du mal à tous avec cette stupide épine. Je vous ennuie. Ce n'est pas de ma faute, Milo, on me l'a donnée. On m'a joué un tour, tu sais. Je suis désolé. Arrêtons ce jeu dangereux. S'il te plaît.

Romain était devenu rêveur, debout au milieu de l'entrée de l'hôpital. On le contournait pour entrer. Il s'écarta enfin. Milo n'était toujours pas venu. Tout ceci n'était que pure folie. Hélène devait vraiment être amoureuse de lui, pour l'avoir accompagné jusqu'ici. Il partit s'asseoir à côté d'elle. Il se sentait vidé.

— Romain…

Hélène regardait droit devant elle. D'une main, elle avait pris le bras de Romain qu'elle serrait fermement.

— Romain, Romain… insista-t-elle en se penchant vers lui.

Romain ouvrit péniblement les yeux. Il s'était assoupi. Il avait mal au crâne. Un homme se tenait devant eux. Il était dos à la fenêtre et Romain distinguait mal ses traits. Il était fourbu et se redressait péniblement sur son fauteuil en s'appuyant des deux mains sur les accoudoirs. Il leva le regard. Silencieux, presque mystique, intouchable même, Milo se tenait debout face à eux. Il ne souriait pas. Il ne semblait pas en colère non plus. Il semblait juste tendu, sérieux. Puissant, finalement. Il dégageait une force vive, une émotion à fleur de peau qui ne laissaient plus de place aux civilités. Il était brut. Son visage était fermé et dégageait une sorte de courage pur et violent, un courage qui trouve sa source dans la douleur. Il semblait prêt à tout. Il ne craignait plus d'avoir mal. Il faisait peur, un peu. Romain s'était levé lentement. Hélène n'osait pas vraiment bouger. Elle les observait. Milo avait sorti de sa poche un petit sachet de plastique et le tendait à Romain, paume vers le ciel. Dans la lumière malade de ce hall d'hôpital, l'épine de Pierre de Rochecourt tremblait dans cette main italienne tourmentée. Romain avait eu raison, mais le désespoir du geste de Milo pour sa mère lui brisait les jambes. Il ne pouvait pas franchir ce dernier mètre qui le séparait de son épine. Milo ne bougeait pas non plus. Hélène admirait cet homme. Il semblait si seul, si fragile, si sensible. Il respirait bruyamment, comme malade lui aussi, maigre déjà. Il se tourna finalement vers Hélène et la dévisagea. La douceur qui se dégageait d'elle sembla le rassurer. Une femme à leurs côtés et les hommes blessés souffrent un peu moins. Milo inspira profondément.

— Venez, dit-il simplement en remettant le sachet plastique dans sa poche.

Il se retourna et se mit à marcher en direction de l'accueil. Hélène interrogea Romain des yeux. Il lui prit la main et l'entraîna à la suite de Milo. En passant devant l'accueil, Milo adressa un petit signe d'amitié à la jeune hôtesse qui le salua en retour.

Dans l'ascenseur, Romain se demandait ce qu'il faisait ici. Il n'avait que des mauvaises nouvelles à partager avec Milo. Mais il n'y avait rien à dire. Tout ce qui se passait ici semblait déjà avoir été écrit. Tous trois semblaient suivre un script, une mécanique implacable. Les décisions qu'ils semblaient prendre n'en étaient pas. Ils étaient là pour une raison particulière qui leur échappait encore. Romain avait les mains fiévreuses.

L'ascenseur s'arrêta. Un long couloir blanc et brillant, des brancards et des fauteuils roulants le long du mur. Milo marchait devant. Il s'arrêta devant la porte de la chambre 622 et leur fit signe de patienter ici. Romain le rassura d'un léger mouvement de la tête. Milo frappa doucement à la porte. Une faible voix répondit. Il entra sans faire de bruit, en refermant la porte derrière lui.

Hélène regardait Romain. Elle se demandait bien ce que Milo voulait d'eux, maintenant. Elle tremblait un peu. Elle n'aimait pas être ici. Mais elle se disait qu'elle pouvait amener un peu de vie, son sourire au moins. On lui avait toujours dit ça, que son sourire était magique, qu'il réconfortait. Elle s'en était toujours amusée, mais aujourd'hui, dans cet hôpital de la banlieue de Turin, face à cette porte 622 derrière laquelle on se battait contre le cancer, c'était tout ce qu'elle pouvait offrir.

On parlait à voix basse dans la chambre. La voix de Milo était douce. On y entendait des « Mama ». Sa mère répondait d'un filet de voix qui trahissait l'épuisement. Puis la voix de Milo se fit plus distincte. Elle se rapprochait. La porte s'ouvrit et resta ouverte. Milo s'était effacé et invitait Romain et Hélène à entrer. Hélène crut bien ne pas pouvoir. Sa gorge se nouait et elle ne parvenait plus à sourire. Romain lui prit la main et lui transmit un peu de son courage. Ils entrèrent à pas très lents. Près de la fenêtre, dans le lit du fond, près du vase de marguerites et des photos d'enfants, une femme grise, une toute petite femme grise, haletante et presque déjà transparente. La mort était là, dans cette pièce, on sentait son souffle accablant et son sifflement sec. Elle tournait déjà depuis plusieurs jours. Elle partait parfois, mais revenait sûrement. Elle pourrissait l'eau des marguerites, ternissait les visages sur les photos, salissait les draps de pus et de sang. Elle jouait déjà avec Suzanne comme un chat sadique s'amuse d'un oiseau presque mort. Hélène respirait fort. Elle écrasait la main de Romain. Elle chercha une dernière fois son sourire magique, son sauveteur, elle voulait le donner comme un cadeau à cette femme déjà disparue. S'il te plaît, mon Dieu, donne-moi cette force, c'est tout ce que je peux faire pour elle. Laisse-moi sourire, laisse-moi lui donner ça, je peux le faire, je veux le faire, je veux aller la toucher, la caresser, lui dire que tout ira bien, je veux lui mentir et lui sourire. S'il te plaît, donne-moi le courage de l'accompagner.

Romain sentait Hélène s'affaisser contre lui. Il lui tendit une chaise et elle s'y assit. Ils s'étaient avancés dans la chambre. Milo avait fait le tour du lit et ajustait les draps dans un geste que l'on imaginait devenu quotidien. Suzanne gardait le visage sur le côté, tourné vers la fenêtre. Elle portait un foulard noué sur la tête. Des couleurs chatoyantes, pour donner de la vie, un pied de nez à ce destin qui lui volait tout. Romain s'était arrêté. Il ne pouvait aller plus loin. Suzanne semblait dormir, mais elle avait juste fermé les yeux. Milo lui parlait d'une voix posée tout en lui caressant la joue. Puis il fit signe à Romain de s'approcher. Il était très calme, très doux, presque souriant. Romain restait à ses côtés, sans comprendre vraiment pourquoi il était entré dans cette chambre. Hélène était assise en retrait, un peu vers le pied du lit. Elle vit Milo passer ses bras autour du frêle corps de sa mère et la redresser pour la mettre assise dans son lit. La voix de Milo était gorgée de soleil et de vie. Suzanne ouvrit les yeux. Elle dévisagea Romain. Il était figé. Il aurait voulu sortir, prendre l'air, mais n'osait reculer à présent, de peur de voir Suzanne s'éteindre dans l'instant. Milo continuait de bercer tout le monde dans son flot de paroles. On se laissait porter, envoûter. On ne savait plus s'il parlait, s'il chantait ou murmurait une prière. On ne bougeait plus, tellement le temps semblait fragile, précieux, cassable. Milo souleva lentement le bras gauche de sa mère pour l'écarter légèrement. Puis, sans cesser de la rassurer, un à un, il se mit à défaire les boutons de son chemisier blanc. Romain rassemblait tout son courage. Milo jouait une pièce que lui seul connaissait, dans laquelle Romain avait manifestement un rôle, mais qu'il ignorait totalement. La main de Milo descendait délicatement le long de la boutonnière et en libérait le dernier bouton. Hélène ne quittait pas Romain des yeux et admirait son courage. Il fallait qu'il tienne. Et il tenait.

Il restait raide et droit, le visage blanc. On voyait ses joues se serrer et se tendre. Milo s'arrêta de chanter et murmura quelques mots à sa mère.

— On sort quelques instants, Mama, on revient, d'accord ?

Elle opina dans un fragile sourire. Milo fit signe à Romain et Hélène de le suivre dans le couloir. À peine la porte fut-elle fermée derrière lui qu'il se pencha vers Romain, lui prit la main, la tourna vers le plafond et y déposa le précieux sachet de plastique. Il restait très sérieux et concentré. Il gardait la main de Romain fermement dans la sienne.

— Romain, c'est à vous maintenant, dit enfin Milo.

Romain resta interdit. Il avait peur de comprendre.

— Qu'est-ce que je dois faire ?

— Un miracle, répondit simplement le chercheur. Un miracle, Romain, je vous en prie. Sur son sein, le gauche. C'est là où est la tumeur. Je vous en supplie.

Milo marqua une pause pour laisser le temps à Romain de bien comprendre sa demande. Il reprit en chuchotant, pour être sûr que sa mère n'entende pas.

— Moi, je n'y crois pas assez. J'ai bien essayé, mais je n'y arrive pas. Je suis trop rationnel, peut-être. Je n'y peux rien, ce n'est pas mon épine, je vous l'ai volée et j'en ai honte.

Il s'arrêta à nouveau une seconde. Il n'avait pas lâché la main de Romain. Il reprit en marquant chacun de ses mots d'un léger mouvement du bras.

— Vous, ce n'est pas pareil… Vous, Romain, vous y croyez.

Hélène vit le piège se refermer sur Romain. Il restait stoïque, impassible. Elle priait pour qu'il ait la force de mentir. Pour qu'il mente de tout son être, pour qu'il plonge dans ce rêve fou de Milo en faisant abstraction de ces quinze années de doute sur son épine. Romain restait impassible. Son regard semblait abandonné et hésitait entre son épine qu'il avait cru volée, le visage implorant de ce pauvre scientifique italien qu'il connaissait si peu, mais dont il se sentait déjà si proche, et Hélène qui connaissait son secret et qui ne le quittait pas des yeux. On attendait un geste, un signe de sa part. Tout s'arrêtait. La mort même avait cessé de tourner dans la chambre de Suzanne. On était suspendu à ses lèvres. Romain avait un choix à faire, une décision à prendre. Il inspira longuement. Il se sentait glisser, changer, devenir plus humain, tolérant. Il n'y a pas de vérité dans ce monde. Il n'y a que des hommes et des femmes qui à un moment ou à un autre, décident de croire ou de ne pas croire, de suivre ou de ne pas suivre. Romain sentait son cœur prendre tout son être, lui remonter dans la gorge et inonder sa raison. C'était un choix. La descente le long de ce chemin lui était délicieuse, une exquise chaleur grandissait en lui. Il se sentait terriblement, profondément homme, puissant par ses entrailles, fort par son sang. Il devenait fou. Fou d'amour et de compassion pour cet homme qui lui tenait encore les mains. Une ferveur nouvelle lui serrait le ventre. Toute la foi de Milo passait de ses mains à lui vers celles, si chaudes, de Romain. Il avait choisi. Son visage devint plus blanc, plus lumineux encore. On le sentait s'affaiblir, s'effacer déjà. Il lutta pour parler.

— Laissez-moi.

Romain était mort. Sa voix n'était plus la même. Des accents de Galilée qu'Hélène avait déjà entendus, il y avait bien des années, dans la fièvre des premiers tourments de l'épine. Milo s'était écarté pour laisser Romain entrer dans la chambre. Il avait senti le changement et se sentait dépassé. Hélène tremblait de tout son être et priait pour que tout ceci ne soit pas une grave erreur. Romain poussa la porte de la chambre et referma derrière lui, laissant Milo et Hélène dans une interminable attente.

Romain marchait d'un pas léger, effleurant à peine le sol. Il ne faisait plus de bruit. Il n'y avait plus de bruit. Rien n'existait. Un silence insondable s'était installé tel un manteau neigeux couvrant toute la noirceur du monde d'un blanc pardon. Tout était repoussé, effacé. Romain était précédé d'une vive lumière qui gommait les murs, les étagères et les lits à barreaux métalliques. Aucune parole n'était possible. On était protégé. Il ne pouvait rien nous arriver. Un froid pénétrant suivait chacun de ses pas. Suzanne ouvrit les yeux quand elle le sentit près d'elle. Une brume claire s'échappait de leur bouche haletante. Il était aveuglant. Elle savait qui il était, mais ne pouvait le dire. Elle était heureuse de le voir. Elle l'avait longtemps attendu. Il était là, à présent. Il gardait ses mains serrées l'une sur l'autre. Une lueur orange et vive comme un soleil perçait entre ses doigts repliés. Il ouvrit les mains comme un coffret. L'épine était là, libre, au creux de ses paumes meurtries. On aurait dit qu'elle se consumait sans pour autant pouvoir brûler. Elle dégageait une intense chaleur. Suzanne se sentait sombrer dans une douce folie, une petite mort. Elle s'y sentait bien. Elle écarta complètement son chemisier pour libérer son sein tuméfié. Il s'en approcha lentement, et de ses mains blanches, prit la sainte épine et l'approcha du sein meurtri. Suzanne voyait ces mains bénies fondre sur son corps blessé. La chaleur devint insoutenable. L'épine sembla redoubler d'énergie. Elle était incandescente. Lorsqu'elle fut plaquée sur son sein, Suzanne crut brûler vive et se tordit de douleur dans un cri que personne ne put entendre. Sa tête explosa et le monde s'écroula. Romain ne tenait plus. Il allait mourir aussi. Il voulait tenir encore, mais n'en eut plus la force. Finalement, il céda et tout devint noir.

Milo et Hélène se ruèrent dans la chambre. Depuis de longues minutes, ils tendaient l'oreille, mais ne percevaient aucun bruit. Pas une parole, pas un cri, pas un mouvement. Juste un silence épais et incompréhensible. Finalement, quelque chose tomba. Quelque chose de lourd s'affalait sur le sol de la chambre, et ils ouvrirent la porte d'un coup. Au sol, près du lit, Romain gisait inconscient. Il saignait du crâne. Sur son lit, Suzanne était torse nu et semblait dormir. Milo s'approcha de Romain qui gémissait.

Hélène sortit dans le couloir pour appeler un médecin. On vint à eux rapidement. Romain fut installé sur le deuxième lit de la chambre. Son cœur battait, mais sa tension restait très faible. Suzanne avait un pouls régulier, mais on ne parvenait pas à la réveiller. On demandait à Milo d'expliquer ce qui s'était passé. Il secouait la tête en disant qu'il ne savait pas. Il ne pouvait pas en dire plus. On couvrit Suzanne et les infirmières s'interrogeaient sur le fait que son pansement fut défait. On craignait une agression, mais le corps de Suzanne ne portait aucune marque de blessure.

Aucune marque.

Romain revint à lui lentement dans les minutes qui suivirent. Il avait très mal à la tête, il s'était ouvert le front sur le bord métallique du lit, certainement en tombant. Du sang avait coulé sur son nez et son menton et Hélène s'affairait à le nettoyer délicatement. Elle était inquiète, mais Romain semblait recouvrer ses esprits rapidement. Il ouvrit les yeux. Il semblait ne pas reconnaître l'endroit. Il prit le bras d'Hélène et le serra très fort. Elle lui trouva les mains anormalement chaudes, surtout au creux de la paume. Il souriait à présent. Milo s'approcha de lui. Romain mit quelques secondes avant de le reconnaître.

— Milo… Milo Giordano ? De Lyon ?

— Oui, Romain, reposez-vous.

On s'occupa de Romain avec grand soin. Milo et Hélène l'aidèrent à se lever pour que l'on puisse lui recoudre la plaie sur le front. En quittant la chambre, il se retourna et vit cette dame sur le lit à côté, dans la même chambre que lui. Il l'avait déjà vue, mais ne savait plus dire vraiment où ni quand. C'était dans un endroit blanc, un vaste endroit blanc et silencieux. C'était la seule chose dont il se souvenait.

En sortant, Hélène aperçut sous le lit de Suzanne l'épine qui traînait dans la poussière. Elle la ramassa discrètement et la glissa dans la poche de sa chemise. Elle était peut-être un peu plus noire qu'avant.

30

Trois ans plus tard, une fin de mois de juillet caniculaire. Au plus chaud de la journée, on préservait la fraîcheur de la maison en gardant les volets mi-clos. On ne sortait qu'en fin d'après-midi pour acheter le nécessaire et prendre un peu l'air. Le soir venu, on s'affairait. D'autres allaient arriver bientôt et on les attendait avec une impatience d'enfant trop évidente pour être cachée. Ils manquaient encore et rien ne pouvait commencer sans eux. En cuisine, les plats passaient de mains en mains. On riait. Il n'y avait plus assez de place dans le réfrigérateur et l'on se demandait s'il était plus important de garder au frais les bières ou les yaourts.

Jeanne l'avait bien dit à son fils, on n'avait jamais été autant dans la maison de grand-père, dans sa petite maison de Borderhouat. Il faudrait se serrer. Et finalement, même si cette proximité effrayait un peu la solitaire en elle, elle se réjouissait en silence. On se serrera, effectivement, et on sera bien tous ensemble. Elle qui vivait seule se sentait toujours devenir un peu plus jeune, un peu plus folle aussi, lorsqu'elle était entourée ainsi. Déjà, elle riait fort en s'acharnant à vouloir parler anglais avec Gillian, qui était arrivée la veille. Elle ne connaissait pas trois mots, mais essayait tout ce qui lui passait par la tête, ce qui faisait pouffer Hélène à chaque invention de sa belle-mère.

Gillian avait absolument voulu préparer une spécialité irlandaise et elle en avait expliqué toutes les subtilités à Jeanne et à Hélène, qui se demandait si c'était réellement une bonne idée. Allait-on vraiment manger un « coddle », plat à base de saucisses, de bacon, de lard et de pommes de terre avec cette chaleur ? Gillian n'en doutait pas une seule seconde. On n'avait pas pu trouver tous les ingrédients nécessaires, mais on avait fait du mieux possible et la préparation mijotait maintenant à feu doux. Romain devait sortir et, en partant, il remarqua cette étrange odeur de gras dans la cuisine. Gillian insista pour qu'il goûte, ce qu'il s'évertua à refuser le plus poliment possible.

Romain avait pris la voiture pour rejoindre Le Palais. Le bateau était annoncé pour dix-huit heures précises. Le jeune homme était en avance et s'était assis sur un banc au bout de la jetée, celui le plus au large possible. Il observait l'agitation du port. Il aimait cet endroit, cette île, ses côtes et son vent parfois si sévère. Il comprenait, en vieillissant, pourquoi son grand-père avait été si heureux ici. Si seul, et voulant le rester. Le bateau de dix-huit heures était en vue. Il progressait lentement, à petit régime, sur une mer d'huile. Il accosta enfin dans un crissement de vieux pneus écrasés entre la coque et la jetée.

Elle était là. Romain l'avait reconnue de loin. Les

passagers avaient commencé à descendre de la passerelle. Elle se tenait à la rambarde en portant son sac sur le côté. Elle le vit à son tour et ils ne purent plus attendre. C'était à chaque fois la même chose, quand ils se retrouvaient. Ils s'échappaient et disparaissaient. Ils devenaient à nouveau seuls au monde. Un manteau neigeux recouvrait le reste et les rendait uniques, isolés, protégés. Tout s'effaçait pour ne laisser qu'eux. Tout était pardonné. Ils ne se parlaient jamais au début. Ils se touchaient, comme s'il fallait se toucher pour y croire. Elle lui caressait les paumes des mains. Il passait sa main dans ses cheveux qui avaient repoussé. Elle s'était maquillée. Elle était belle et Romain la serra contre lui. Fort. Juste pour être sûr de ne pas rêver.

Milo restait en retrait. Il leur laissait le temps. Un mystère fragile, un charme divin régnaient entre ces deux-là et il ne fallait rien dire, rien faire. Il fallait attendre. Juste attendre qu'ils aient fini de se tenir les mains, de se croiser les doigts, de se considérer, de se calmer. Ça y est. Il allait enfin pouvoir dire bonjour à son ami Romain, dans une accolade sincère qui s'éterniserait certainement un peu.

Ils parlèrent beaucoup dans la voiture qui les ramenait à Borderhouat. On avait bonne mine. Le chemin avait été long depuis Turin, mais le bonheur d'être arrivé éclairait les visages. Lorsque le moteur de la voiture se fit entendre au-dehors, Hélène, Gillian et Jeanne se précipitèrent pour accueillir Suzanne et Milo. Il y avait toujours ce doute qui planait. On voulait toujours voir Suzanne d'abord, la couleur de sa peau, et si elle tenait bien droite sur ses jambes. Si elle souriait. Elle savait qu'on l'attendait et donnait toujours le meilleur d'elle-même dès les premières minutes.

La soirée fut douce, un peu folle aussi. Romain parlait avec tous et faisait beaucoup rire. On plaça la marmite de « coddle » au milieu de la table et les Italiens manquèrent de s'étrangler à la vue de tout ce bacon et de ces saucisses. Selon Milo, l'ensemble manquait terriblement de savoureuses tomates et d'olives noires. On rit encore et Romain prit la parole après trois petits coups de couteau sur le bord de son verre de vin. Il avait une déclaration à faire. Avec une fierté non feinte, il sortit de derrière son dos son tout nouveau diplôme de documentaliste et le montra bien haut à la vue de tous, un large sourire de vainqueur au visage. Il l'avait reçu la semaine dernière, mais n'en avait encore rien dit à Hélène qui lui sauta au cou de joie. Il n'en revenait pas lui-même d'être finalement diplômé en quoi que ce soit. On leva son verre pour célébrer dignement l'occasion.

Le dîner s'éternisa. On parla encore. De tout et de rien. Sauf bien sûr de cette étrange journée, il y avait trois ans, à Turin. On n'en parlait jamais. Ce n'était pas un sujet tabou, c'était juste qu'on ne trouvait pas les mots. Personne ne savait quoi en dire. Hélène et Milo n'avaient rien vu, rien entendu. Ils se disaient que Romain, fatigué par le voyage, s'était évanoui à la vue du sein meurtri de Suzanne et qu'il ne s'était peut-être rien passé. On ne savait pas. Romain n'en parlait jamais non plus. On n'osait pas non plus vraiment le lui demander. Tout était confus et flou dans sa mémoire. Douloureux aussi. Rien n'avait été dit aux médecins et Suzanne avait, avec courage, continué tous ses traitements, dans la même souffrance, mais avec un espoir et une combativité renouvelée, que les infirmières ne manquèrent pas de remarquer. La guérison ne fut pas immédiate. Il fallut lutter encore. Mais pour elle, ce jour-là, avec Romain et son épine, avec le silence et le manteau neigeux, avec toute cette lumière et ces paumes si chaudes, tout avait changé.

La nuit tomba sur Borderhouat et la pointe de Kerzo. Un vent ami apportait un peu de fraîcheur sur l'île. La maison était calme. Tous dormaient en paix. Dans l'armoire, derrière une pile de pulls mal rangés, une impénétrable épine se reposait aussi dans son reliquaire de bois tendre. Romain, lui, rêvait déjà à poings fermés.

À propos de l'auteur

Olivier Lerouge aime imaginer la vie des personnes qu'il croise. Pas la vie publique, celle que l'on montre aux yeux de tous, celle qui est bien coiffée et poliment souriante. Non, l'autre, celle qui doute, qui souffre parfois, en silence et dignement, celle qui hésite. Car nous avons tous une vie cabossée. Pas une personne sans une douleur cachée, un brusque décès ou une maladie injuste chez un proche, mais qui n'en dira rien.

Croire entrevoir un coin de ce mystère dans un regard ou un mot échappé donne envie de connaître la suite. Dans la vraie vie, on ne demande pas, à tort ou à raison d'ailleurs. Mais le roman donne ce pouvoir incroyable à l'écrivain : celui d'ouvrir à tous les hésitations de l'âme de son personnage, sans pudeur ni civilités, juste dans l'espace intime qui sépare la page des yeux du lecteur. C'est pour profiter de cette liberté qu'Olivier a imaginé son premier roman, *Le secret de l'épine*.

Retrouvez tous les titres et l'actualité des Éditions HJ :

Sur notre site Internet :
http://www.editionshelenejacob.com

Sur Facebook :
https://www.facebook.com/EditionsHJ

Sur Twitter :
https://twitter.com/EditionsHJ

www.ingramcontent.com/pod-product-compliance
Lightning Source LLC
Chambersburg PA
CBHW070120260626
47160CB00004B/1552